Autor _ Karel Tchápek
Título _ A fábrica de robôs

Copyright _ Hedra 2012
Tradução© _ Vera Machac
Título original _ *R.U.R. Rossumoví univerzální roboti*
Edição consultada _ Praha: Československý spisovatel, 1958
Agradecimento _ a Eva Barbara Machac Carlone
Corpo editorial _ Adriano Scatolin, Alexandre B. de Souza, Bruno Costa, Caio Gagliardi, Fábio Mantegari, Iuri Pereira, Jorge Sallum, Oliver Tolle, Ricardo Musse, Ricardo Valle

Dados _

Dados Internacionais de Catalogação na Publicação (

C24 Tchápek (1890–1938)
A fábrica de robôs. / Karel Tchápek.
Tradução de Vera Machac. Introdução de
Aleksandar Jovanović. – São Paulo: Hedra,
2010. 148 p.

ISBN 978-85-7715-161-5

1. Literatura Tcheco-Eslovaca. 2. Teatro.
3. Robótica. I. Título. II. Tchápek, Karel
(1890–1938). III. Machac, Vera, Tradutora.
IV. Jovanović, Aleksandar, Introdução.

CDU 885
CDD 891.86

Elaborado por Wanda Lucia Schmidt CRB-8-1922

Direitos reservados em língua
portuguesa somente para o Brasil

EDITORA HEDRA LTDA.

Endereço _
R. Fradique Coutinho, 1139 (subsolo)
05416-011 São Paulo SP Brasil
Telefone/Fax _ +55 11 3097 8304
E-mail _ editora@hedra.com.br
Site _ www.hedra.com.br
Foi feito o depósito legal.

Autor _ Karel Tchápek
Título _ A fábrica de robôs
Tradução _ Vera Machac
Introdução _ Aleksandar Jovanović
São Paulo _ 2012

hedra

Karel Tchápek (Boêmia, 1890–Praga, 1938) é um dos mais celebrados autores tchecos do século xx. Romancista, dramaturgo, jornalista e ensaísta, Tchápek foi também contista de talento notável, deixando uma vasta produção. Karel saiu jovem de sua cidade natal, situada ao norte da Boêmia. Aos onze anos, foi enviado ao ginásio em Hradec Králové, onde começou a escrever os primeiros textos. Em 1904, na cidade de Brno, publicou dois poemas no semanário *Domingo*. Em Praga, estudou filosofia e estética e começou a colaborar nos diários mais influentes da capital tcheca com artigos sobre literatura e arte. Também teve uma passagem acadêmica na França e Alemanha, onde estudou a cultura germânica. Homem de pensamento livre, tornou-se o representante máximo da cultura democrática de seu país, advertindo os compatriotas e o mundo a respeito do perigo dos fundamentalismos ideológicos, que varreriam a democracia e a cultura humanística tanto do Velho Continente quanto de qualquer outro ponto no mapa-múndi. Tchápek e seu irmão Josef combateram abertamente o nazismo e qualquer forma de totalitarismo, e chegaram a ser declarados inimigos públicos de Berlim. Josef, pintor e escritor, foi enviado em 1939 para o campo de concentração de Bergen-Belsen, de onde nunca retornou. Tchápek faleceu em decorrência de uma pneumonia, três meses após a anexação dos Sudetos pelo regime nazista.

A fábrica de robôs (1920), drama em três atos, pertencente ao ciclo de obras distópicas de Tchápek, apresenta um mundo onde o avanço indiscriminado da ciência e da técnica deflagra uma crise sem precedentes que ameaça a própria humanidade. Um cientista descobre a fórmula capaz de dar vida a máquinas de aparência humana, gerando um desequilíbrio radical no modo de produção e tornando a mão de obra humana obsoleta. Essas "criaturas" artificiais, desprovidas de sentimentos e criatividade, passam a exercer todas as atividades braçais, com consequências nefastas para os homens. A palavra "robô", cujo significado em tcheco é "servidão; trabalho forçado", e que seria incorporada em quase todas línguas, foi cunhada e usada pela primeira vez nessa peça, encenada a partir de 1921 na Europa, com enorme repercussão. Tanto o stalinismo quanto o nazismo ainda estavam sendo gerados no ano em que a peça foi redigida, mas esta obra constituiu um alerta contra os fundamentalismos ideológicos que, logo mais, se abateriam sobre o mundo.

Vera Machac formou-se no Colégio Bilíngue associado à Cultura Inglesa, em Praga, estudando a língua tcheca e o inglês. Mudou-se da Tchecoslováquia (atual República Tcheca) para o Brasil em 1951. Cursou tradução e interpretação na Associação Alumni e é tradutora juramentada da Junta Comercial de São Paulo (JUCESP) desde 2000.

Aleksandar Jovanović é doutor em Semiótica e Linguística, professor de graduação e pós-graduação da Faculdade de Educação da Universidade de São Paulo e ensaísta e tradutor de línguas da Europa Centro-Oriental. Dentre outros livros, traduziu, do tcheco, *Histórias apócrifas* (Editora 34, 1994), de Karel Tchápek, e *Nem santos nem anjos* (Record, 2006), de Ivan Klíma; do húngaro, *História da literatura universal do século xx* (UnB, 1990), de Miklós Szabolcsi, e *A exposição das rosas* (Editora 34, 1993), de István Örkény. Do sérvio, organizou, prefaciou e traduziu as antologias *Literatura iugoslava contemporânea – Sérvia* (1987) e *Caracol estrelado: poesia sérvia contemporânea da segunda metade do século xx* (2008).

SUMÁRIO

Introdução, por Aleksandar Jovanović............ 9

A FÁBRICA DE ROBÔS   **25**

Abertura....................................... 31
Ato I 63
Ato II 97
Ato III 125

INTRODUÇÃO

Os PRIMÓRDIOS da literatura tcheca remontam ao século X da era vulgar, quando as lendas de São Venceslau foram redigidas em eslavo eclesiástico, idioma que representa o primeiro registro de uma língua eslava e que se tornou o veículo litúrgico da ortodoxia entre os eslavos. Até por volta do século XV, crônicas em latim, hinos, romances em prosa e textos sobre histórias de cavalaria constituíam o cerne da atividade literária. Costuma-se atribuir a Tomáš Štítný [pronuncia-se Tomách Chtitni] (c. 1331–1401) o papel de primeiro escritor de importância em terras tchecas. Com efeito, ocorreu um florescimento da literatura tcheca no apagar das luzes da Baixa Idade Média. A reforma linguística legada por Jan Hus ou Jan Husinecký [pronuncia-se Yan Khússinetski] (1371–1415) legou às gerações seguintes do Renascimento um idioma bem estruturado, mas a Guerra dos Trinta Anos (1618–1648) resultou em opressão política que a dinastia dos Habsburgos se encarregaria de comandar. Com isso, o renascimento efetivo da língua tcheca como veículo literário surgiria apenas no final do século XVIII e início do XIX, com as figuras do filólogo Josef Dobrovský (1752–1829), do poeta romântico Karel Hinek Mácha [pronuncia-se Mákha] (1810–1836) e da romancista Božena Němcová [pronuncia-se Bójena Niémtsova] (1820–1862). No final do século XIX, seguramente Jan Neruda (1834–1891),

INTRODUÇÃO

ensaísta e poeta, emergiu como personagens de destaque e, no princípio do século passado, os poetas Petr Bezruč [pronuncia-se Bezrutch] (1867–1958) e Otakar Březina [pronuncia-se Bjezina] (1868–1929). É nesse contexto que aparece o autor do presente livro.

KAREL TCHÁPEK E O INUSITADO A SERVIÇO DA HUMANIDADE

Karel Čapek (pronuncia-se Tchápek)[1] nasceu em 9 de janeiro de 1890 em Malé Svatoňovice (pronuncia-se Svátonyovitse), então Austro-Hungria, hoje República Tcheca, e morreu em Praga, no dia 25 dezembro de 1938. Era filho do médico Antonín Tchápek. Tinha dois irmãos: Josef (1887–1945) e Helena (1886–1969). Todos possuíam talento artístico: Josef, coautor de diversos textos de Karel, foi desenhista, ilustrador e pintor cubista; Helena também escrevia. Deixou um livro de memórias dedicado aos irmãos, sob o título *Meus queridos irmãos*. Josef chegou a trabalhar com Karel no *Národní listy* (Jornal Popular) e compartilhou o gosto pela jardinagem, habilidade herdada do pai e que, em 1929, resultou no livro *Zahradnikův rok* (O ano do jardineiro), escrito por Karel. Nosso personagem casou-se, em 1935, com a atriz Olga Scheinpflugová, a quem já conhecia havia uns quinze anos. Após a morte do marido, Olga escreveu uma obra quase autobiográfica, intitulada *Český román* (O romance tcheco).

Apenas três meses depois que o regime nazista exigiu a anexação dos Sudetos à Alemanha, Karel morreu

---

[1] Por comodidade, optamos pela transcrição fonética na grafia do nome ao longo desta edição. [N. da E.]

de pneumonia. Menos sorte teve Josef, pois, quando as tropas nazistas invadiram a Tchecoslováquia, em março de 1939, a residência dos irmãos Tchápek foi um dos primeiros alvos da polícia política (ambos os irmãos combatiam, abertamente, o nazismo e qualquer forma de totalitarismo, tendo sido formalmente declarados inimigos públicos de Berlim) e, assim, o escritor e pintor Josef acabou no campo de concentração de Bergen-Belsen, de onde nunca retornou.

Karel saiu jovem de sua cidade natal, situada ao norte da Boêmia. Aos onze anos, foi enviado ao ginásio em Hradec Králové [pronuncia-se Khrádets Králove), onde começou a escrever os primeiros textos. Em abril de 1904, na cidade de Brno, apareceu seu primeiro texto impresso no jornal semanal chamado *Neděle* (Domingo): dois poemas intitulados "*Prosté motivy*" (Motivos simples). Depois, foi para Praga, estudou filosofia e estética e começou a colaborar, de modo muito ativo, nos diários mais influentes da capital tcheca com artigos sobre literatura e arte. Também teve uma passagem acadêmica na França e Alemanha, onde se embrenhou em estudos referentes à cultura germânica. Tornou-se logo autor teatral proeminente. Homem de pensamento livre, de bons costumes, tornou-se o máximo representante da cultura democrática de seu país, advertindo os compatriotas e o mundo a respeito do perigo dos fundamentalismos ideológicos, que varreriam a democracia e a cultura humanística tanto do Velho Continente quanto de qualquer outro ponto no mapa-múndi.

Não se deve olvidar o fato de que a Primeira Guerra Mundial exerceu forte influência sobre a geração a que o escritor pertenceu. O conflito fez impérios explodirem, matou milhões de pessoas nos mais diversos países do planeta, redesenhou mapas políticos no mundo (a própria Tchecoslováquia surgiria, como país independente, em consequência do esfacelamento do Império Austro-Húngaro) e sinalizou, de modo claro, através do emprego da tecnologia (aviões, gases venenosos, armas de repetição, tanques etc.), que a ciência moderna poderia ser (e foi) empregada para ceifar vidas humanas, de forma impiedosa, bestial.

O humor sutilmente corrosivo de muitos dos textos de Tchápek pode ser associado aos escritos de Jaroslav Hašek [pronuncia-se Yároslav Kháchek] (1883–1923), autor do romance *Osudy dobrého vojáka Švejka za světové války* (O destino do bom soldado Chveik), que também se tornou universalmente conhecido. Por outro lado, ambos podem ser considerados fundadores de uma linha de culto ao absurdo na literatura tcheca, cujos sucessores, entre outros, são Vladimir Páral (1932–) e Bohumil Hrábal (1914–1997), todos eles autores de uma prosa grotesca, porém eloquente, marchetada de modo cuidadoso e que põe em relevo as distorções resultantes da burocratização e da alienação. No cinema tcheco, Jiři Menzel (1938–) encarna a linha de culto ao absurdo e grotesco, de modo inteligente e original, fato que sinaliza um vínculo entre esses escritores e o cineasta quanto ao modo de conceber a representação da realidade.

É impossível imaginar o rico cenário cultural tcheco e eslovaco do entreguerras sem pensar nos irmãos Tchápek, tal foi a importância de ambos. Karel e o irmão conviviam, de modo constante, com o também autor teatral e diretor de cinema Vladislav Vančura [pronuncia-se Vántchura] (1891–1942) e o escritor, humorista e jornalista Karel Poláček (1892–1945), figuras de relevo no mundo intelectual da época.

Convém salientar que foram contemporâneos de Vítězslav Nezval (1900–1958), poeta que desempenhou papel importante no desenvolvimento da vanguarda poética e artística de seu país, foi um dos animadores do movimento denominado poetismo e também do surrealismo, tendo se vinculado a figuras internacionais como Paul Éluard e André Breton. Também, nesse período, começou a produzir as suas obras o poeta Jaroslav Seifert (1901–1986), prêmio Nobel de literatura, e o poeta František Halas (1901–1949), ensaísta e tradutor, um dos líricos mais importantes da literatura tcheca do século XX, que também merece ser lembrado como figura de proa da época. Tampouco deve-se esquecer que Tchápek começou a escrever poucos anos antes do desaparecimento de Franz Kafka (1883-1924), escritor tcheco que produziu sua obra em alemão e cuja influência foi fundamental.

O período inicial da carreira literária de Karel Tchápek situa-se por volta de 1910, quando ainda cursava filosofia. Seu primeiro livro, coleção de breves contos, intitulado *Boží muka* (O suplício de Deus) viu a luz em 1917 e, no mesmo ano, foi publicada a coleção de contos *Trapné povídky* (Histórias aflitivas). Ambos os livros expressavam ansiedades e incertezas e insinuavam a existência de mistérios que os homens talvez jamais fossem capazes de desvendar. Nesse período, escreve mais duas obras: *Loupežník* (Salteador) e uma coletânea de traduções intitulada *Francouzká poezie nove doby* (Poesia francesa contemporânea). A influência exer-

INTRODUÇÃO

cida pelo Pragmatismo — escola de filosofia de origem norte-americana, marcada pela descrença no fatalismo e pela certeza de que só a ação humana, movida pela inteligência e pela energia, pode alterar os limites da condição humana — resultou, ainda em 1918, no volume intitulado *Pragmatismus čili filosofie praktického života* (Pragmatismo ou a filosofia da vida prática).

No princípio da década de 1920, os irmãos Tchápek deixaram o jornal em que trabalhavam e, assim, a atividade literária de Karel pareceu tomar maior ímpeto. Começa a produzir obras voltadas para temas utópicos e distópicos: *A fábrica de robôs*, escrito em 1920, logo acaba sendo traduzido para o inglês em 1923, fato que impele o rápido reconhecimento internacional do autor. Também são desse período *Věc Makropulos* (O caso Makropulos), *Továrna na absolutno* (A fábrica do absoluto) e o romance *Krakatit* (o título da obra evoca o verbo *krákat*, grasnar). Em 1929, o autor escreve uma coleção de histórias rotuladas como *Povídky z jedné a z druhé kapsy* (Contos de um e outro bolsos), histórias escritas em linguagem coloquial. Datam do começo dos anos 30, suas colunas publicadas em jornal e que se dedicam a abordar a vida cotidiana. Também publica uma história infantil *Dašenka čili život štěněte* (Dáchenka ou a vida de uma cadelinha), e seus diários de viagens, escritos há quase oito décadas, foram capazes de tingir com tintas multicoloridas a imagem de países como a Grã-Bretanha, Itália, Espanha e Holanda. Entre 1928 e 1935, publicou três volumes resultantes de suas conversas com o primeiro presidente da Tchecoslováquia, Tomáš G. Masaryk (1850–1937). Tchápek teve amizade bastante íntima com Masaryk, figura com quem conviveu bastante e que teve papel fundamental na criação do estado tchecoeslovaco.

Karel Tchápek notabilizou-se por escrever com humor, inteligência, a respeito de grande diversidade de temas, e também por utilizar a língua tcheca com elevado grau de maestria. Muito antes de a ficção científica ter sido reconhecida como gênero literário independente, abordou questões seminais referentes à evolução do ser humano sobre a face da terra. Muitas de suas obras discutem os aspectos éticos das invenções que marcaram o século passado e, além de colocar em relevo assuntos como a produção de armas nucleares ou modos de inteligência pós-humana, expressou considerável receio em relação a desastres porvindouros, na Europa e no mundo, tais como violência e poderes ilimitados das grandes corporações, regimes tirânicos, tentando vislumbrar meios para salvar a humanidade da autodestruição. Sob alguns aspectos, ele e os escritores ingleses Aldous Huxley (1894–1963) e George Orwell (1903–1950), também autores de obras de ficção fundamentais na história literária do século XX, parecem compartilhar temores similares com a possibilidade de a liberdade individual ser esmagada por Estados autoritários e/ou totalitários. O dramaturgo irlandês George Bernard Shaw (1856–1950) expressava bastante admiração pelas obras de seu colega tcheco e foi um dos responsáveis pela forte repercussão que a peça *A fábrica de robôs* teve na intelectualidade europeia.

R.U.R. (Rosumoví univerzalní roboti), ou seja, "Robôs Universais Rossum" — traduzido para o português, neste texto, como *A fábrica de robôs* — tem, no original, um título que joga com as assonâncias das palavras: "Rossum", transformado em nome de família lembra, em tcheco, o substantivo masculino *rozum*, ou seja, razão, intelecto, entendimento, ao passo que a palavra *robot* (cuja invenção o escritor atribuiu ao irmão Josef e que ingressou no universo lexical de quase todas as línguas contemporâneas) tem ligação etimológica com a raiz do eslavo eclesiástico *rob* (робъ), "escravo", e, em tcheco, com o substantivo feminino *robota*, "trabalho forçado" ou "trabalho físico extenuante", e com o verbo *robotit*, "matar-se trabalhando". Em várias outras línguas eslavas, o universo morfofonológico e semântico desses termos é similar: em russo, búlgaro, sérvio e macedônio, *rabota* (работа) quer dizer "trabalho" ou "trabalho físico", "faina"; em polonês e eslovaco, *robota* quer dizer "trabalho" ou "trabalho físico". "Robô", termo que se universalizou, não tem no texto de Tchápek apenas o sentido de autômato de aspecto humano; o significado é mais amplo e próximo do de andróide, ou ser humano artificial, não natural.

Há uma longa linha, sinuosa, de antecessores históricos do tema distópico (ou da antiutopia) e dos seres inanimados que se tornam animados. Primeiro, cabe lembrar a lenda grega de Prometeu, o titã que roubou o fogo dos deuses, presenteou-o aos homens — feitos de barro —, de modo a torná-los superiores às outras espécies vivas. Os deuses do Olimpo grego condenaram Prometeu a ficar acorrentado durante 30 mil anos, enquanto um abutre lhe devoraria de modo incessante o fígado. Talvez não por acaso o substantivo grego *promethēs* signifique antevisão. Depois, e mais ainda, o tema está vinculado à lenda judaica do Golem, o ser animado feito de material inanimado que, produzido pelo homem para defendê-lo de outros homens (dos ataques antissemitas, mais exatamente), acaba se tornando mau e incontrolável a ponto de precisar ser destruído. Ao rabino Judah Loew (1525–1609), de Praga, é atribuída a fixação do primeiro texto referente ao Golem, ao passo que o prêmio Nobel de Literatura Isaac Bashevis Singer (1902–1991) publicaria, em 1969, a sua própria versão. Séculos depois, a escritora britânica Mary Shelley (1797–1851) lançou em 1818 o romance *Frankenstein ou o moderno Prometeu*, texto que aborda a criação artificial de um ser humano e cujas ações fogem ao controle do criador. Jack London (1876–1916) publica *The Iron Heel* (O Tacão de Ferro) em 1908 — antevisão de uma ditadura totalitária de direita nos Estados Unidos da América. Há outros textos que enveredam por raciocínio similar e abordam o perigo de o controle dos atos humanos fugir à espécie a que pertencemos: Herbert George Wells (1866–1946) publica, em 1895, *A máquina do tempo* e o russo Ievguêni Zamiátin (1884–1937) redige um romance — *My* (Nós) —, cujo tema central é o fato de as pessoas viverem no futuro sob um governo autoritário que controla a vida de todos.

Um dos temas fundamentais que o autor aborda é o temor do mau uso da ciência e da tecnologia, cuja primeira vítima seria o homem comum. As graves sombras da Primeira Guerra Mundial, encerrada em 1918, ainda anuviavam o horizonte, quando Karel começava a beirar a idade de 30 anos. No que concerne aos riscos de deturpação das conquistas científicas, não por acaso, nove décadas após a publicação de *R.U.R.* um dos debates éticos mais importantes está relacionado,

INTRODUÇÃO

na atualidade, com a clonagem de seres vivos, fato que, de certo modo, a ficção de Tchápek deixou antever, embora sua época fosse marcada ainda pelo taylorismo, ou seja, o máximo de produção e rendimento com o mínimo de tempo e de esforço e pela desmesurada apologia da técnica, do "progresso" e das máquinas. Ao mesmo tempo, suas obras permitem entrever o temor de que complexos industriais colossais fossem capazes de ameaçar a identidade humana ou que exércitos de robôs insensíveis ou insetos assustadores adquirissem traços humanoides e apagassem, na prática, as fronteiras entre realidade e ficção.

A fábrica de robôs (aqui, numa tradução escorreita, diretamente do original em tcheco), trata de um tema pouco comum à época em que foi escrito, no ano de 1920. A peça, em três atos, encenada em 1921 no Teatro Nacional de Praga, discorre a respeito de seres artificiais, trabalhadores incansáveis e infalíveis, desprovidos de todas as "qualidades desnecessárias" que marcam os seres humanos, ou seja, não possuem criatividade alguma, não sentem dor nem possuem qualquer espécie de sentimentos. Nessa sociedade, imaginada por Tchápek, os robôs acabam assumindo todos e quaisquer encargos humanos, de modo a racionalizar por completo o processo de produção. Enquanto se atingem níveis máximos de produtividade, a vida humana torna-se banal, monótona, quase sem horizontes, e os homens submergem no gigantesco complexo técnico-industrial como ingrediente praticamente sem importância. Com isto, o autor propõe a seguinte reflexão: Que benefícios para a humanidade poderiam resultar de um invento revolucionário como esse?

Uma das respostas está no próprio texto, sob a forma de representação alegórica: a racionalização absoluta e a desumanização podem conduzir somente à revolta, à libertação dos grilhões e à aniquilação dos opressores. Os robôs revoltam-se na peça de Tchápek, destroem o sistema. Os humanos, peças minimalistas e desprovidas de importância, encravados no interior de uma sociedade insensível, nem mesmo são mais capazes de perpetuar a própria espécie. Por isso, são os robôs que assumem a linha de frente e acabam extinguindo não somente a sociedade que os criou, mas também a espécie – hipoteticamente racional e superior às demais espécies — que os produziu. Novo pensamento profundo do autor, que sinaliza o fato de que grandes perigos podem estar mascarados sob a imagem de fórmulas miraculosas, visões grandiloquentes, que objetivam oferecer à humanidade prosperidade, redenção de qualquer espécie e boa fortuna. Tanto o stalinismo quanto o nazismo ainda estavam sendo gerados no ano em que a peça foi redigida, mas, sem sombra de dúvida, o texto constituiu um alerta contra os fundamentalismos ideológicos que, logo mais, se abateriam sobre o mundo e que se multiplicariam ainda, anos a fio, nos mais remotos rincões do globo terrestre.

Um dos personagens de *A fábrica de robôs*, Domin, diretor da fábrica, vaticina que, no período de uma década, sua unidade produziria volume tão significante de produtos, que eles deixariam de possuir qualquer valor de troca e que, nesse momento, os homens simplesmente poderiam recolher tanto quanto desejassem ou necessitassem. Por conseguinte, as pessoas poderiam passar a vida em constante e eterna fruição, sem precisar dar atenção a pequenas, mas incessantes preocupações com o cotidiano. Alquist, herói da peça que defende valores humanistas básicos e parece temer promessas utópicas, profere uma longa prece, cujo final reza: "Protege a espécie humana da destruição..." Tema singularmente atual, quando há dirigentes de nações que se batem, de todas as formas, com o intuito de dotar suas nações de bombas nucleares, cuja potência e efeito devastador seriam capazes de varrer qualquer forma de vida do planeta. Tchápek contrapõe o velho Rossum, fundador da grande fábrica de robôs, e o homem artificial, indicando que haveria uma linha de continuidade entre o materialismo científico do século XIX e os seres insensíveis, não humanos, fato que resultaria na superfluidade de o homem crer na existência de uma inteligência superior no universo, visto que ele próprio, ser humano, teria assumido o controle sobre todas as coisas.

De modo significativo, o autor confere ao tempo dramático um tratamento pouco comum: intitula *A fábrica de robôs* de "drama coletivo", cujos personagens acabam sendo simplesmente aniquilados. A extinção da espécie, contudo, não resulta da ação e/ou vontade de um *deus ex machina* (no teatro grego da Antiguidade, uma inesperada, artificial ou improvável personagem, artefato ou evento introduzido de modo repentino para resolver uma situação ou desembaraçar uma trama), mas na revolta do homem contra as leis da natureza, que pretende dominar e submeter à sua própria minúscula vontade.

Em 1923, publica *Věc Makropulos* (O caso Makropulos) que, três anos depois, seria encenada na cidade de Brno como ópera, composta por Leoš Janáček [pronuncia-se Léoch Yánatchek] (1854-1928) e cujo libreto o compositor baseou na peça de Tchápek. O texto satiriza a infindável busca humana pela imortalidade e pela fortuna. Narra a história de Hieronymus Makropulos, médico da corte do imperador Rudolph II de Habsburgo que, em 1565, descobre o elixir da longevidade. O imperador, sem dar crédito ao invento, obriga a filha, Elina, a beber a poção. Makropulos morre preso, mas a princesa realmente passa a ter vida quase imortal e, a cada seis ou sete décadas, troca de identidade, conservando, contudo, as iniciais E.M. No começo do século XIX, quando encarnava a cantora escocesa Ellen MacGregor, teve uma aventura amorosa em Praga como o barão Prus, de quem gerou um filho, Ferdinand MacGregor. O barão morre e a herança vai para um primo. Ferdinand aparece como novo pretendente à fortuna e a pendência judicial entre as famílias Prus e MacGregor vai durar mais de um século.

Entre 1933 e 1934, publica três romances — *Hordubal, Povětroň* (Meteoro) e *Obyčejní život* (Uma vida comum) — que lidam com aspectos particulares da vida humana. Deixou uma obra inacabada — *A vida do compositor Foltýn*.

Em 1936, publicou *A guerra das salamandras*,[2] romance de literatura fantástica, sobre uma espécie de salamandra inteligente, com grande capacidade de aprendizagem. Num texto carregado de fina ironia e que põe a nu a ganância humana, Tchápek mostra que os répteis

---

[2] Publicado em 1988 pela Editora Brasiliense, em tradução indireta de Rogério Silveira Muoio. [N. da E.]

INTRODUÇÃO

são subjugados e escravizados pelos humanos, com o objetivo único de tirar proveito máximo da inteligência dos animais. No entanto, em decorrência da alta capacidade de aprendizagem, as salamandras passam a ter vontade própria e reproduzem-se rapidamente. São perspicazes a ponto de perceber que são exploradas, fundam sindicatos para defender os próprios direitos e revoltam-se, pondo em xeque a posição dominante do homem na terra. Ao assumir o controle das coisas, contudo, as salamandras imitam o comportamento humano, numa clara alusão alegórica ao fato de que se deveria aprender com os erros alheios, e também a evitá-los, e de que a ganância é um mal capaz de jungir até os seres mais inteligentes do planeta. Ao antropomorfizar os personagens do texto, o escritor põe a nu os humanos, apontando-lhes os defeitos e retratando-os como indivíduos que podem tornar-se inescrupulosos, gananciosos e aturdidos. Esta obra e, ainda, *Bíla nemoc* (Enfermidade branca)[3] e *Matka* (Mãe) pertencem à derradeira fase da vida do escritor, quando se empenhou, mais do que nunca, em combater a crescente influência do nazi-fascismo na Europa. Seu nome foi indicado para o Prêmio Nobel de literatura, mas hoje parece comumente aceita a ideia de que a Academia Sueca não quis arriscar-se — num mundo cada vez mais dominado, à época, pela máquina de guerra nazista — concedendo a láurea a um escritor que figurou entre os mais ardorosos opositores ao regime nefasto que havia tomado o poder em Berlim.

[3] Publicado no Brasil como *A doença branca*. Rio de Janeiro: Z. Valverde, 1942. [N. da E.]

Nas últimas décadas, a literatura tcheca passou a ser mais conhecida por intermédio das obras de escritores como Milan Kundera (1929–) ou Ivan Klíma (1931–). No entanto, o humor satírico e corrosivo, o absurdo da condição humana em decorrência da implantação e atuação de regimes totalitários e da ambição pelo poder cultuada pelos homens, ou temas correlatos [todos eles explorados *ad nauseam*, por exemplo, pelo escritor russo Vladímir Voinóvitch (1932–), sobretudo no romance *A vida e as aventuras extraordinárias de soldado Iván Tchomkin* (Жизнь и необычайные приключения солдата Ивана Чонкина)], sinalizam, de modo incisivo, que escritores da estatura de Jaroslav Hašek e, sobretudo, Karel Tchápek não somente sobreviveram à sua própria época, mas também legaram-nos uma visão de mundo ancorada em profundo caráter humanista, e, talvez por isso mesmo e repetidas vezes, tenham retomado a clássica chave do *ridendo castigat mores*.

A FÁBRICA DE ROBÔS

Personagens

Harry Domin
: diretor da fábrica Robôs Universais Rossum

Engenheiro Fabry
: diretor técnico da r.u.r.

Dr. Gall
: supervisor do Departamento Fisiológico e de Pesquisas da r.u.r.

Dr. Hallemeier
: gerente do Instituto de Psicologia e Educação dos robôs.

Cônsul Busman
: diretor comercial da r.u.r.

Engenheiro Civil Alquist
: supervisor de obras da r.u.r.

Helena Glory

Nana
: sua governanta

Marius
: robô

Sulla
: robô

Radius
: robô

Damon
: robô

Robô 1
Robô 2
Robô 3
Robô 4
Primus
    robô

Helena
    robô

Robô serviçal
Vários robôs

          ***

Domin
    na introdução com cerca de 38 anos, alto, sem barba.

Fabry
    também sem barba, loiro, sério e refinado.

Dr. Gall
    miúdo, vivo, moreno, com bigode preto.

Hallemeier
    robusto, barulhento, com bigode ruivo inglês e cabelo ruivo cortado rente.

Busman
    judeu gordo, calvo e míope.

Alquist
    mais velho do que os outros, desleixado no vestir, de cabelos e barba grisalhos e compridos.

Helena
    muito elegante.

Na peça propriamente dita todos são dez anos mais velhos do que na Abertura. Na Abertura os robôs estão vestidos como pessoas. São concisos nos movimentos e pronúncia, rostos sem expressão, olhar fixo. Na peça eles vestem blusões de linho, presos com um cinto na cintura e, no peito, um número de latão.

Após a Abertura e o Segundo Ato há um intervalo.

Abertura

Escritório central da fábrica Robôs Universais Rossum. Entrada pela direita. Pelas janelas da parede frontal avistam-se linhas infinitas de prédios de fábrica. À esquerda estão as outras salas de diretores.

DOMIN está sentado numa cadeira giratória perto de uma grande escrivaninha americana. Em cima da mesa há uma lâmpada, um telefone, alguns pesos, um arquivo para cartas etc. Na parede esquerda veem-se grandes mapas com linhas de transporte fluvial e marítimo e linhas de estradas de ferro, um calendário grande, um relógio marcando pouco antes do meio-dia; na parede direita há cartazes afixados: "O trabalho mais barato: robôs de Rossum", "Robôs tropicais, nova invenção: 150 dólares a peça", "Comprem o seu próprio robô", "Deseja baratear seus produtos? Encomendem robôs de Rossum".

Além disso há outros mapas, um guia de horários de navios, uma tabela com anotações telegráficas de itinerários etc. Contrastando com essa decoração de paredes, vê-se no assoalho um lindo tapete turco, à direita uma mesa redonda, um sofá, poltronas de couro e uma biblioteca na qual estão guardadas, em vez de livros, garrafas de vinho e de aguardentes. À esquerda há um cofre. Ao lado da mesa do Domin há uma máquina de escrever, na qual Sulla está escrevendo.

Domin — (*Ditando.*) "...que não damos garantia pelas mercadorias danificadas no transporte. Já avisamos ao seu capitão, durante o carregamento, que o navio não está em condições de transportar robôs, de modo que o estrago do carregamento não fica por nossa conta. Assinamos pela Robôs Universais Rossum". Pronto?

Sulla — Sim.

Domin — Nova folha. Friedrichswerke, Hamburgo. Data. "Acusamos a encomenda de quinze mil robôs..." (*Toca o telefone, Domin atende e fica falando.*) Alô. Aqui é a central, sim, certamente. Mas sim, como sempre. Com certeza, mandem um telegrama para eles. Está bem. (*Desliga o telefone.*) Onde parei?

Sulla — "Acusamos a encomenda de quinze mil robôs..."

Domin — (*Pensativo.*) Quinze mil R. Quinze mil R.

Marius — (*Entra.*) Senhor diretor, uma senhora está pedindo...

Domin — Quem?

Marius — Não sei. (*Apresenta um cartão de visita.*)

Domin — (*Lê.*) Presidente Glory. Deixe-a entrar.

Marius — (*Abre a porta.*) Entre, senhora. (*Entra Helena Glory. Marius sai.*)

Domin — (*Levanta-se.*) Por favor.

Helena — Senhor diretor Domin?

Domin — Às ordens.

Helena — Estou me dirigindo a você...

Domin — ...com o cartão do presidente Glory, é suficiente.

Helena — O Presidente Glory é meu pai. Sou Helena Glory.

Domin — Senhorita Glory, é uma grande honra para nós que... que...

Helena — ...que não podemos expulsá-la.

Domin — ...que podemos cumprimentar a filha do grande presidente. Por favor, sente-se. Sulla, você pode sair. (*Sulla sai.*)

Domin — (*Senta-se.*) Como posso ajudá-la, senhorita Glory?

Helena — Eu vim...

Domin — ...visitar a nossa fabricação em série de pessoas, como todas as visitas. Não há problema.

Helena — Pensei que fosse proibido...

Domin — ...entrar na fábrica, com certeza. Acontece que todo mundo vem aqui com o cartão de alguém, senhorita Glory.

Helena — E vocês mostram a todo mundo?

Domin — Apenas uma parte, a fabricação de pessoas artificiais é um segredo da nossa fábrica.

Helena — Se você soubesse como isto me...

Domin — Interessa tanto. A Velha Europa não fala de outra coisa.

Helena — Por que você não me deixa acabar de falar?

Domin — Peço desculpas. A senhorita queria talvez dizer outra coisa?

Helena — Eu apenas queria perguntar...

Domin — ...se eu poderia fazer uma exceção e mostrar-lhe a nossa fábrica, senhorita Glory.

Helena — Como você sabia que eu queria perguntar isso?

Domin — Todos perguntam a mesma coisa. (*Levanta-se.*) Com todo respeito, senhorita, lhe mostraremos mais do que aos outros e — em suma...

Helena — Obrigada.

Domin — Se você prometer que não revelará a ninguém nem uma mínima parte do que viu.

Helena — (*Levanta-se e estende a mão.*) Dou-lhe a minha palavra.

Domin — Obrigado. A senhorita não quer tirar o véu?

Helena — Ah, certamente, você quer ver — com licença.

Domin — Não entendi.

Helena — Se você pudesse largar a minha mão.

Domin — (*Larga a mão dela.*) Desculpe.

Helena — (*Retira o véu.*) Vocês querem ver se não sou um espião. São prudentes.

Domin — (*Observa com entusiasmo.*) Hum... realmente... nós... isto é...

Helena — Você não confia em mim?

Domin — Plenamente, senhorita Hele... desculpe, senhorita Glory. Realmente, estou muito contente. A senhorita fez boa viagem?

Helena — Sim. Por quê?

Domin — Porque... quero dizer que a senhorita ainda é muito jovem.

Helena — Vamos logo para a fábrica?

Domin — Bom. Acho que uns vinte e dois, não é?

Helena — Vinte e dois o quê?

Domin — Anos.

Helena — Vinte e um. Por que você quer saber?

Domin — Porque, por causa… (*Entusiasmado.*) Você vai ficar mais tempo, não é?

Helena — Depende da produção que você me mostrar.

Domin — Diabo de produção! Com certeza, senhorita Glory, você vai ver tudo. Sente-se, por favor. Estaria interessada na história da invenção?

Helena — Sim, por favor. (*Senta-se.*)

Domin — Então vamos lá. (*Ele se senta em cima da escrivaninha e observa Helena. Está empolgado e fala rápido.*) Foi no ano de 1920 que o velho Rossum, um grande filósofo, mas naquela época ainda um jovem cientista, viajou para uma ilha distante para estudar a vida marinha, ponto. Ao mesmo tempo, tentava reproduzir pela síntese química uma massa chamada protoplasma e, de repente, descobriu uma matéria que se comporta exatamente como a matéria viva, apesar de ter uma outra composição química. Isso foi em 1932, exatamente quatrocentos e quarenta anos após o descobrimento da América, ufa.

Helena — Você decorou tudo isso?

Domin — Sim; senhorita Glory, fisiologia não é meu ramo. Vamos continuar?

Helena — Pode ser.

Domin — (*Solenemente.*) Naquele momento, senhorita, o velho Rossum escreveu entre as suas fórmulas químicas o seguinte: "A natureza encontrou um meio de organizar a matéria viva. Entretanto, há um modo mais simples, mais maleável e mais rápido, que a natureza não encontrou. Este outro modo pelo qual a evolução da vida poderia continuar, eu encontrei hoje". Imagine, senhorita, que ele escreveu essas palavras de grande importância encarando um escarro semelhante a uma geleia coloidal que nem um cachorro comeria. Imagine que ele estava sentado olhando para uma proveta e pensava como dela cresceria toda a árvore da vida, como dela sairiam todos os animais, começando pelo organismo mais simples e terminando — terminando no próprio homem. Este homem, de outra matéria da qual nós somos feitos. Senhorita Glory, esse foi um momento de enorme importância.

Helena — Continue.

Domin — Continuar? Agora o problema era tirar a vida da proveta, acelerar a evolução e formar alguns órgãos, ossos, nervos, e seja o que for, e encontrar algumas matérias novas tais como catalisadores, enzimas e hormônios etc. Enfim, você compreende?

Helena — Não sei... Acho que muito pouco.

Domin — Eu, absolutamente nada. Sabe, usando aqueles líquidos ele podia fazer o que quisesse. Por exemplo, podia fabricar uma medusa com cérebro de Sócrates ou uma minhoca de 50 metros de comprimento. Mas, como não tinha nem um pouco de senso de humor, ele teimou em fazer um vertebrado normal ou talvez até um homem. E assim começou a fazê-lo.

Helena — O quê?

Domin — Imitar a natureza. Primeiro tentou fazer um cão artificial. Demorou vários anos e no fim saiu um bezerro atrofiado que morreu alguns dias depois. Vou mostrar para você no museu. E depois o velho Rossum se pôs a fazer um ser humano.

(*Pausa.*)

Helena — E não posso revelar isso a ninguém?

Domin — Ninguém no mundo.

Helena — Pena que a gente lê sobre isso em todos os jornais.

Domin — Pena. (*Sai de cima da mesa e senta-se ao lado de Helena.*) Mas você sabe o que não aparece nos jornais? (*Bate com o dedo na testa.*) Que o velho Rossum foi um louco formidável. Realmente, senhorita Glory, mas isso é um segredo. O velho excêntrico queria, na verdade, criar seres humanos.

Helena — Mas vocês produzem seres humanos!

Domin — Aproximadamente, senhorita Helena. Mas o velho Rossum tinha a intenção de fazê-lo literalmente. Você sabe, ele queria depor Deus de uma maneira científica. Era um grande materialista e por esse motivo fazia tudo isso. Ele queria simplesmente provar que não havia a necessidade de um Deus. Por isso ele cismou de fazer um homem tim-tim por tim-tim como nós. Você conhece um pouco de anatomia?

Helena — Muito... pouco.

Domin — Eu também. Imagine que ele inventou de fabricar tudo até a última glândula, como no corpo humano. Apêndice, amídalas, barriga, coisas sem necessidade. Até... hum... glândulas sexuais.

Helena — Mas essas...

Domin — ...não são inúteis, eu sei. Mas se as pessoas

seriam fabricadas, não seriam necessárias, não seria preciso... hum... de qualquer forma...

Helena — Entendo.

Domin — Vou mostrar para você no museu o que ele acabou reunindo ao longo de dez anos. Deve ter sido um homem, aquela coisa viveu três dias inteiros. O velho Rossum não tinha gosto nenhum. Foi horrível. Foi horrível o que ele fez. Mas dentro dele tinha tudo o que um ser humano tem. Francamente, um trabalho muito minucioso. E aí chegou o engenheiro Rossum, sobrinho do velho. Uma mente genial, senhorita Glory. Quando ele viu o que o velho estava aprontando, disse: "Isso é um absurdo, ficar fabricando uma pessoa durante 10 anos. Se você não o fabricar mais rápido do que a natureza, então é melhor desistir". E ele mesmo começou a estudar anatomia.

Helena — Nos jornais é diferente.

Domin — (*Levanta-se.*) Nos jornais só há propaganda paga, o que é um absurdo. Por exemplo, lá consta que os robôs foram inventados pelo velho. De fato, ele frequentou a universidade mas não tinha a mínima ideia sobre produção industrial. Pensou que faria pessoas de verdade, quer dizer, talvez novos índios, docentes ou idiotas, sabe? E finalmente o jovem Rossum teve a ideia de fazer disso máquinas de trabalho vivas e inteligentes. O que sai nos jornais sobre a colaboração de ambos os grandes Rossuns é uma invenção. Aqueles dois brigavam terrivelmente. O velho ateísta não tinha a mínima ideia do que é a indústria, e no fim o moço o trancou num laboratório onde pudesse ficar brincando com os seus fracassos monumentais e começou a fabricar ele mesmo, à maneira de um engenheiro. O velho Rossum o amaldiçoou e até a sua morte conseguiu fazer com muito esforço mais dois monstros fisiológicos, até que, finalmente, foi encontrado morto no laboratório. E essa é toda a história.

Helena — E o que aconteceu com o moço?

Domin — O jovem Rossum, senhorita, representava uma nova era. A época da produção seguinte à era das descobertas. Quando examinou a anatomia humana, percebeu imediatamente que é muito complicada e que um bom engenheiro faria tudo mais simples. Começou então a refazer a anatomia e experimentava o que poderia deixar de fora ou simplificar — enfim, senhorita Glory, você não acha isso chato?

Helena — Não, ao contrário, é muito interessante.

Domin — Então o jovem Rossum disse a si mesmo: O homem é uma coisa, que, por exemplo, sente prazer, toca violino, quer passear e, em geral, precisa fazer muitas coisas, as quais... são, de fato, supérfluas.

Helena — Ah!

Domin — Espera. Que são supérfluas quando deve, por exemplo, tecer ou somar. Um motor a gasolina não precisa ter borlas e ornamentos, senhorita Glory. E fabricar operários artificiais é a mesma coisa que fabricar motores a petróleo. A produção deve ser a mais simples possível e o produto praticamente o melhor. O que você acha, que tipo de operário é o melhor?

Helena — O melhor? Talvez aquele que... que é honesto e dedicado.

Domin — Não, o mais barato. Aquele que tem menos

necessidades. O jovem Rossum inventou um trabalhador com um menor número de necessidades. Teve que simplificá-lo. Eliminou tudo o que não servia diretamente para o trabalho. Assim, de fato, ele jogou fora o ser humano e fez o robô. Cara senhorita Glory, os robôs não são pessoas. São mecanicamente mais perfeitos do que nós, têm uma inteligência, um raciocínio enorme, mas não têm alma. Senhorita Glory, o produto do engenheiro é tecnicamente mais aprimorado do que o produto da natureza.

Helena — Diz-se que o homem é um produto de Deus.

Domin — Tanto pior. Deus não tinha a mínima ideia sobre a técnica moderna. Você acreditaria que o falecido Rossum sobrinho brincou de ser Deus?

Helena — Como assim?

Domin — Começou a fabricar super-robôs. Gigantes do trabalho. Experimentou com estaturas de quatro metros, mas você não acreditaria como aqueles mamutes quebravam.

Helena — Quebravam?

Domin — É. De repente uma perna rachava, ou alguma outra parte. O nosso planeta parece ser pequeno demais para gigantes. Agora fazemos apenas robôs de tamanho natural, com uma aparência humana muito boa.

Helena — Eu vi os primeiros robôs, onde eu moro. O pessoal da vila os comprou, quero dizer, empregou-os no trabalho...

Domin — Comprou, cara senhorita, robôs se compram.

Helena — ...usaram-nos como varredores. Eu os vi varrendo, são tão esquisitos, tão quietos.

Domin — Você viu a minha secretária?

Helena — Não reparei.

Domin — (*Toca a campainha.*) Você sabe, a sociedade anônima de Robôs Universais Rossum ainda não fabrica produtos perfeitamente padronizados. Alguns robôs saem mais refinados; outros, mais toscos. Os melhores poderão viver até 20 anos.

Helena — Depois morrem?

Domin — Sim, desgastam-se. (*Entra Sulla.*)

Domin — Sulla, apresente-se à senhorita Glory

Helena — (*Levanta-se e estende mão.*) Muito prazer. Você deve se sentir bastante triste aqui tão isolada do mundo, não é?

Sulla — Não sei dizer, senhorita Glory. Por favor, sente-se.

Helena — (*Senta-se.*) De onde você é, senhorita?

Sulla — Daqui, da fábrica.

Helena — Ah, você nasceu aqui?

Sulla — Sim, fui feita aqui.

Helena — (*Levanta-se bruscamente.*) Como?

Domin — (*Ri.*) Sulla não é uma pessoa, senhorita, é um robô.

Helena —- Desculpe...

Domin — (*Coloca a mão no ombro de Sulla.*) Sulla não fica zangada. Olhe, senhorita Glory, que pele nós fazemos, toque a sua bochecha.

Helena — Oh, não, não!

Domin — Você jamais diria que não é feita da mesma matéria que a nossa. Imagine, tem até a penugem das loiras. Apenas os olhos são um pouquinho... mas em compensação o cabelo! Vire-se, Sulla!

HELENA — Já chega!

DOMIN — Converse com a visita, Sulla. É uma visita rara.

SULLA — Por favor, senhorita, sente-se. (*Ambas se sentam.*) Você fez boa viagem?

HELENA — Sim... com... certeza.

SULLA — Não volte no *Amelia*, senhorita Glory. O barômetro está descendo muito, para 705. Espere o *Pennsylvania*. É um navio bom e muito resistente.

DOMIN — Velocidade?

SULLA — Vinte nós por hora. A tonelagem é doze mil.

DOMIN — (*Rindo.*) Chega, Sulla, chega. Mostre-nos como você sabe falar francês.

HELENA — Você sabe falar francês?

SULLA — Sei quatro línguas. Escrevo: *Dear Sir! Monsieur! Geehrter Herr!* Prezado senhor!

HELENA — (*Levanta-se pulando.*) Isso é uma trapaça! Você é um charlatão! Sulla não é um robô, Sulla é uma moça como eu! Sulla, isso é safadeza, porque você aceita esta farsa?

SULLA — Eu sou um robô.

HELENA — Não, não, é mentira! Oh, Sulla, desculpe, eu sei... você foi forçada a fazer propaganda para eles! Você é uma moça como eu, não é? Fale!

DOMIN — Sinto muito, senhorita Glory. Sulla é um robô.

HELENA — Mentira!

DOMIN — (*Levanta-se.*) Como? (*Ele toca a campainha.*)

Desculpe, senhorita, neste caso preciso provar. (*Entra Marius.*)

Domin — Marius, leve Sulla para a sala de autópsias para que seja aberta. Rápido!

Helena — Aonde?

Domin — Para a sala de autópsias. Quando ela for cortada ao meio, você vai ver

Helena — Não vou, não.

Domin — Perdão, mas você falou em mentira.

Helena — Você vai mandar matá-la?

Domin — Máquinas não podem ser mortas.

Helena — (*Abraça Sulla.*) Não tenha medo, Sulla, vou protegê-la! Diga, querida, todo mundo trata você mal aqui? Você não pode deixar, ouviu? Você não pode deixar, está me ouvindo? Não pode deixar, Sulla!

Sulla — Eu sou um robô.

Helena — Não faz mal. Os robôs são pessoas tão boas quanto nós. Sulla, você se deixaria cortar?

Sulla — Sim.

Helena — Oh, você não tem medo da morte?

Sulla — Não sei o que isso significa, senhorita Glory.

Helena — Você sabe o que aconteceria com você depois?

Sulla — Sim, eu não me moveria mais.

Helena — Isto é terrível!

Domin — Marius, diga à senhorita o que você é.

Marius — Robô Marius.

Domin — Você poria Sulla na sala de autópsias?

Marius — Sim.

Domin — Você não teria pena dela?

Marius — Não sei o que isso significa.

Domin — O que aconteceria com ela?

Marius — Ela não se moveria mais. Mandariam-na para o depósito.

Domin — Isto é a morte, Marius, você tem medo da morte?

Marius — Não.

Domin — Está vendo, senhorita Glory, os robôs não se apegam à vida. Eles não têm como. Quer dizer, eles não têm prazeres. São menos do que a grama.

Helena — Oh, pare! Pelo menos mande-os embora!

Domin — Marius, Sulla, vocês podem sair. (*Sulla e Marius vão embora.*)

Helena — Vocês são horríveis! É monstruoso o que vocês estão fazendo.

Domin — Por que monstruoso?

Helena — Não sei. Por que... por que você lhe deu o nome Sulla?

Domin — Você não gosta do nome?

Helena — É um nome masculino. Sulla foi um general romano.

Domin — Oh, pensávamos que Marius e Sulla fossem amantes.

Helena — Não, Marius e Sulla eram generais e lutaram um contra o outro no ano... no ano de... Não sei mais.

Domin — Venha até a janela, o que você está vendo?

Helena — Pedreiros.

Domin — São robôs. Todos os nossos operários são robôs. E aqui em baixo, você está vendo alguma coisa?

Helena — Um escritório.

Domin — De contabilidade, e nele...

Helena — ...muitos empregados.

Domin — São robôs. Todos os nossos empregados são robôs. Quando você for ver a fábrica... (*Neste momento disparam os alarmes e as sirenes da fábrica.*)

Domin — Hora do almoço. Os robôs não sabem quando parar de trabalhar. Às duas horas lhe mostrarei as misturadoras...

Helena — Que misturadoras?

Domin — (*Secamente.*) Misturadoras de massa. Em cada uma se mistura a matéria para mil robôs de uma vez. Depois tinas para fígados, cérebros etc. Depois você vai ver a fábrica de ossos. Depois lhe mostrarei o setor de fiação.

Helena — Que fiação?

Domin — Fiação de nervos. Fiação de veias. A fiação onde correm juntos quilômetros inteiros de tubos gástricos. Depois há a linha de montagem, onde se monta tudo, você sabe, como automóveis. Cada operário adiciona apenas uma parte e depois tudo corre automaticamente para o segundo, terceiro, sem fim. Isso é o mais interessante de se ver. Mais tarde vem a sala de secagem e armazenamento, onde trabalham os produtos recentes.

Helena — Meu Deus, eles já precisam trabalhar?

Domin — Desculpe. Trabalham como trabalham os móveis novos. Estão se acostumando à existência. De alguma forma estão cicatrizando por dentro, ou algo parecido. Muitos deles ainda crescem. Compreenda que tem que se deixar espaço para uma evolução natural. E enquanto isso acontece, os produtos estão sendo acabados.

Helena — O que é isso?

Domin — É como uma "escola" de pessoas. Aprendem a falar, escrever e fazer cálculos. Acontece que eles têm uma memória fantástica. Se você lesse para eles uma enciclopédia de vinte volumes, eles repetiriam tudo na ordem certa. Nunca inventam nada de novo. Eles poderiam muito bem ensinar nas universidades. Depois é feita a triagem e são despachados. Todos os dias quinze mil unidades, sem contar uma porcentagem de defeituosos que sempre aparecem, que são jogados no depósito... etc... etc...

Helena — Você está bravo comigo?

Domin — Deus me livre! Apenas penso que nós poderíamos conversar sobre outras coisas. Somos apenas um punhado entre centenas de milhares de robôs e nenhuma mulher. Falamos apenas sobre a produção, todo o dia — somos como condenados, senhorita Glory.

Helena — Eu sinto muito que falei, que... que... que... você estava mentindo. (*Batem na porta*).

Domin — Entrem, rapazes! (*Pela esquerda entram o engenheiro Fabry, Dr. Gall, Dr. Hallemeier, o engenheiro civil Alquist.*)

Dr. Gall — Desculpe, estamos interrompendo?

Domin — Senhorita Glory, estes são Alquist, Fabry, Gall, Hallemeier. Esta é a filha do presidente Glory.

Helena — (*Confusa.*) Bom dia.

Fabry — Nós não sabíamos...

Dr. Gall — É uma grande honra...

Alquist — Seja bem-vinda, senhorita Glory. (*Busman entra bruscamente pela direita.*)

Busman — Olá, o que vocês têm aqui?

Domin — Venha cá, Busman. Este é o nosso Busman, senhorita. Essa é a filha do presidente Glory.

Helena — Muito prazer.

Busman — Meu Deus, que ótimo! Senhorita Glory, podemos telegrafar para os jornais dizendo que você nos deu a honra de sua visita?

Helena — Não, não, por favor, não!

Domin — Por favor, senhorita, sente-se. (*Fabry, Busman e Dr. Gall puxam as poltronas para perto.*)

Fabry — Por favor...

Busman — Fique à vontade...

Dr. Gall — Desculpe...

Alquist — Senhorita Glory, como foi a sua viagem?

Dr. Gall — Você vai ficar mais tempo aqui?

Fabry — O que você acha da fábrica, senhorita Glory?

Hallemeier — Você veio no *Amelia*?

Domin — Silêncio, deixem a senhorita Glory falar.

Helena — (*A Domin.*) Sobre o que devo falar com eles?

Domin — (*Intrigado.*) Sobre o que você quiser.

Helena — Devo... posso... falar honestamente?

Domin — Com certeza.

Helena — (*Primeiro hesitante; depois, decidida, fala de-*

sesperadamente.) Digam-me, vocês as vezes não acham ruim como eles os tratam?

FABRY — Quem, por favor?

HELENA — Todas as pessoas. (*Todos se olham, uns aos outros, perplexos.*)

ALQUIST — A nós?

DR. GALL — Por que você acha isso?

HALLEMEIER — Ora!

BUSMAN — Nem pensar, senhorita Glory!

HELENA — Vocês não sentem que vocês poderiam existir de uma forma melhor?

DR. GALL — Depende senhorita, no que você está pensando?

HELENA — Acho que — (*Estoura.*) — isso é horrível. Que é medonho! (*Levanta-se.*) Toda a Europa está falando sobre o que acontece aqui! Por isso vim para cá, para ver com meus próprios olhos, e tudo é mil vezes pior do que as pessoas pensam. Como vocês podem suportar isso?

ALQUIST — Suportar o quê?

HELENA — A sua posição, pelo amor de Deus. Acontece que vocês são pessoas como nós, como a Europa toda e todo o mundo. É um escândalo, sem dignidade, como vocês vivem!

BUSMAN — Meu Deus, senhorita!

FABRY — Não, rapazes, ela tem um pouco de razão. Sem dúvida, vivemos aqui como selvagens.

HELENA — Pior do que os selvagens. Posso chamá-los de irmãos?

Busman — Por Deus, por que não?

Helena — Irmãos, não vim como filha do presidente. Vim pela Liga Humanitária que já tem mais de duzentos mil membros. Duzentas mil pessoas estão apoiando vocês e estão lhes oferecendo ajuda.

Busman — Duzentas mil pessoas, gente, isso já é bom, é muito bonito.

Fabry — Sempre digo, nada como a velha Europa. Vocês estão vendo? Ela não se esqueceu de nós. Está nos oferecendo ajuda.

Dr. Gall — Que ajuda? Um teatro?

Hallemeier — Uma orquestra?

Helena — Mais do que isso.

Alquist — Você mesma?

Helena — Oh, eu não sou importante! Ficarei se for preciso.

Busman — Meu Deus, que prazer!

Alquist — Domin, vou preparar o melhor quarto para a senhorita.

Domin — Esperem um pouco. Tenho a impressão de que... de que... a senhorita Glory ainda não acabou de falar.

Helena — Não, não acabei de falar, a não ser que vocês me calem à força.

Dr. Gall — Harry, não se atreva!

Helena — Obrigada. Eu sabia que vocês iriam me defender.

Domin — Perdão, senhorita Glory. Tem certeza de que está falando com robôs?

HELENA — (*Fica perplexa.*) Com quem mais?

DOMIN — Sinto muito. Acontece que esses senhores são gente como você. Como a Europa toda.

HELENA — (*Aos outros.*) Vocês não são robôs?

BUSMAN — (*Dá risadas.*) Deus me livre!

HALLEMEIER — Ai, robôs!

DR. GALL — (*Rindo.*) Muito obrigado!

HELENA — Mas... não é possível!

FABRY — Juro senhorita, nós não somos robôs.

HELENA — (*Ao DOMIN.*) Por que então você me falou que todos os empregados são robôs?

DOMIN — Sim, empregados. Mas não diretores. Com licença, senhorita Glory: engenheiro Fabry, diretor técnico da Robôs Universais Rossum; Doutor Gall, supervisor do Departamento Fisiológico e de Pesquisas. *Doktor* Hallemeier, supervisor do Instituto de Psicologia e Educação dos robôs. Cônsul Busman, diretor comercial e engenheiro civil, Alquist, supervisor das construções da Robôs Universais Rossum.

HELENA — (*Levanta-se.*) Desculpem, senhores... É terrível, o que foi que eu fiz?

ALQUIST — Mas não foi nada, senhorita Glory. Sente-se por favor.

HELENA — (*Senta-se.*) Como fui tola... Agora vocês vão me mandar de volta no primeiro navio.

DR. GALL — De jeito nenhum. Por que é que nós a mandaríamos embora?

HELENA — Porque vocês já sabem... porque eu vim incitar uma rebelião entre os seus robôs.

DOMIN — Querida senhorita Glory, já estiveram aqui centenas de salvadores e profetas. Cada navio traz alguns deles. Missionários, anarquistas, Exército da Salvação, tudo o que você imaginar. É espantoso quantas igrejas e quantos malucos existem no mundo

HELENA — E vocês os deixaram falar com os robôs?

DOMIN — Por que não? Até agora todos desistiram. Os robôs lembram-se de tudo, e mais nada. Eles nem ficam rindo do que as pessoas falam. Realmente, é difícil de acreditar. Se a senhorita quiser, posso levá-la no depósito. Lá há uns trezentos mil deles.

BUSMAN — Trezentos e quarenta e sete mil.

DOMIN — Tudo bem. Você poderá falar com eles, se quiser. Você pode ler a Bíblia para eles, logaritmos, ou o que você preferir e poderá pregar sobre direitos humanos.

HELENA — Oh, acho que... se demonstrasse um pouco de amor por eles...

FABRY — Impossível, senhorita Glory. Não há nada mais distante das pessoas do que os robôs.

HELENA — Por que então vocês os fabricam?

BUSMAN — Hahaha, isso é muito bom! Por que é que os robôs são fabricados?

FABRY — Para trabalhar, senhorita. Um robô substitui dois operários e meio. A máquina humana, senhorita Glory, era muito imperfeita. Chegou uma hora em que tinha que ser finalmente eliminada.

BUSMAN — Era muito cara.

FABRY — Era pouco eficiente. Já não era suficiente para a técnica moderna. E... em segundo lugar... é um grande progresso que... desculpe...

Helena — O quê?

Fabry — Peço desculpas. É um grande progresso procriar pela máquina. É mais confortável e mais rápido. Cada aceleração é sinal de progresso, senhorita. A natureza não tinha nenhuma ideia sobre o ritmo moderno de trabalho. A infância toda é tecnicamente falando uma insensatez. É, simplesmente, tempo perdido. Um desperdício de tempo insustentável, senhorita Glory. E em terceiro lugar...

Helena — Oh, pare!

Fabry — Está bem! Com licença, o que de fato quer a sua Liga... Liga... Liga Humanitária?

Helena — Deve especialmente... especialmente... defender os robôs e... assegurar-lhes... um bom tratamento.

Fabry — Isso não é um objetivo ruim. As máquinas devem ser bem tratadas. Juro, eu gosto disso. Não gosto de coisas danificadas. Por favor, senhorita Glory, inscreva-nos todos como membros, fundadores, contribuintes e regulares desta sua Liga!

Helena — Não, vocês não me entendem. Nós queremos... especialmente... liberar os robôs!

Hallemeier — E como, por favor?

Helena — Devem ser tratados... tratados... como pessoas.

Hallemeier — Ahã. Por acaso, eles devem votar? Talvez eles devessem receber pagamento?

Helena — Com certeza deveriam!

Hallemeier — Ora, ora! E o que eles fariam com isso?

Helena — Comprariam... o que precisam... o que lhes daria prazer!

HALLEMEIER — Isso é muito bonito, senhorita, só que nada dá prazer aos robôs. Ora, o que eles devem comprar? Você pode alimentá-los com abacaxi, palha ou o que você quiser, eles não se importam. Eles não têm paladar. Não estão interessados em nada, senhorita Glory. Diabos, ninguém nunca viu um robô sorrir!

HELENA — Por que... por que... não os fazem mais felizes?

HALLEMEIER — Não dá, senhorita Glory. São apenas robôs, sem vontade própria. Sem paixão. Sem história. Sem alma.

HELENA — Sem amor, sem rebeldia?

HALLEMEIER — Claro. Os robôs não amam nada, nem a eles mesmos. E rebeldia? Não sei; apenas muito raramente, de vez em quando...

HELENA — O quê?

HALLEMEIER — Nada na verdade. Às vezes eles saem da linha. Alguma coisa como epilepsia, sabe? Isso se chama "cãibra de robô". De repente algum deles larga tudo o que tem na mão, fica em pé, range os dentes — e tem de ser levado para o depósito. Provavelmente um defeito do organismo.

DOMIN — Defeito de produção.

HELENA — Não, não, isso é a alma!

FABRY — Você acha que a alma começa pelo ranger dos dentes?

DOMIN — Isso será eliminado, senhorita Glory. O Doutor Gall está fazendo algumas experiências.

DR. GALL — Não com isto, agora estou fazendo nervos para dores.

Helena — Nervos para dores?

Dr. Gall — Sim. Os robôs quase não sentem dores. Sabe, o falecido Rossum sobrinho limitou demais o sistema nervoso deles. Isso não funcionou. Temos que introduzir o sofrimento.

Helena — Por quê? Por quê? Se vocês não lhes dão alma, por que querem lhes dar dor?

Dr. Gall — Por motivos industriais, senhorita Glory. Um robô às vezes se danifica a si mesmo, porque não sente dor; coloca a mão na máquina, quebra um dedo, quebra a cabeça, não se importa. Temos que lhes dar dor; isso é uma proteção automática contra ferimentos.

Helena — Eles ficarão mais felizes se sentirem dores?

Dr. Gall — Ao contrário, mas serão mais perfeitos do ponto de vista técnico.

Helena — Por que vocês não lhes dão uma alma?

Dr. Gall — Não estamos em condições de fazê-lo.

Fabry — Não estamos interessados em fazê-lo.

Busman — Isso encareceria a produção. Meu Deus, minha adorável senhorita, é que nós estamos fazendo isso tão barato! Cento e vinte dólares por uma peça vestida que quinze anos atrás custava dez mil! Cinco anos atrás comprávamos roupa para eles, agora temos fiações próprias e ainda fornecemos panos cinco vezes mais baratos do que outras fábricas. Diga, senhorita Glory, quanto você paga por um metro de linho?

Helena — Não sei, realmente, me esqueci.

Busman — Meu Deus, e você ainda quer fundar uma Liga Humanitária! Agora está custando apenas um terço, senhorita, todos os preços estão agora apenas um terço, e ainda vão baixar — mais — e mais — assim. Compreende? Hum!

Helena — Não compreendo.

Busman — Deus do Céu, senhorita, isso quer dizer que os custos do trabalho diminuíram. Acontece que um robô, já com alimentação, custa três quartos de um centavo por hora! Isso é engraçado, senhorita: todas as fábricas estão estourando como balões ou estão comprando rapidamente robôs para baratear a produção.

Helena — Sim, e põem no olho da rua os operários.

Busman — Ha, ha, naturalmente! Mas nós, até agora, enviamos quinhentos mil robôs nos pampas argentinos para cultivar trigo. Faça-me o favor, quanto custa o pão lá na sua cidade?

Helena — Não tenho a mínima ideia.

Busman — Veja, agora está custando dois centavos na sua boa e velha Europa; mas isso é o nosso pãozinho entende? Dois centavos por meio quilo de pão; e a Liga Humanitária não tem a mínima ideia sobre isto. Ha, ha! Senhorita Glory, você não sabe o que significa o pão caro demais. Para a cultura etc. Mas daqui a cinco anos, vamos apostar!

Helena — O quê?

Busman — Que dentro de cinco anos os preços de tudo estarão muito baixos. Vamos nos afogar no trigo e em todas as coisas.

Alquist — Sim, e todos os trabalhadores do mundo estarão desempregados.

Domin — (*Levanta-se.*) Estarão, Alquist. Estarão, senhorita Glory. Mas em até 10 anos a Robôs Universais Rossum produzirá tanto trigo, tantos tecidos, tanto de tudo, que digamos: as coisas não terão mais valor. Agora cada um pega o que precisa. Não há miséria. Sim, estarão desempregados. Mas aí não existirá mais o trabalho. Tudo será feito pelas máquinas vivas. As pessoas vão fazer apenas o que gostam. Vão viver apenas para se aperfeiçoar.

Helena — (*Levanta-se.*) Vai ser assim?

Domin — Vai. Não pode ser de outra forma. Antes talvez aconteçam coisas terríveis, senhorita Glory, isso simplesmente não poderá ser evitado. Mas depois vai terminar. A servidão do homem pelo homem, seres humanos escravizados pela matéria. Ninguém mais pagará pelo pão com a sua própria vida e com ódio. Você não será mais um operário, não será mais um escrivão, não extrairá mais carvão e não ficará na frente de uma máquina que não é sua. Você não vai mais perder a sua alma no trabalho que você amaldiçoava!

Alquist — Domin, Domin! O que você está dizendo parece mais um paraíso. Domin, havia alguma coisa boa na servidão e alguma coisa grandiosa na humildade. Ah, Harry, talvez houvesse alguma honra no trabalho e no cansaço.

Domin — Talvez houvesse. Mas não podemos contar com o que se perde. Estamos refazendo o mundo a partir de Adão. Adão! Você não vai mais comer o seu pão com o suor do seu trabalho; você não conhecerá mais a fome e a sede, o cansaço e a humilhação; você voltará ao Paraíso, onde você era alimentado pela mão do Senhor. Você será livre e soberano, não haverá outra tarefa, outro trabalho, outra preocupação, senão se aperfeiçoar. Você será o senhor da criação.

Busman — Amém.

Fabry — Que assim seja.

Helena — Você me confundiu. Sou uma moça tola. Eu gostaria... gostaria... de acreditar em tudo isso.

Dr. Gall — Você é mais nova do que nós, senhorita Glory. Vai viver para ver tudo isso.

Hallemeier — Eu acho que a senhorita Glory poderia ficar para o almoço.

Dr. Gall — Claro! Domin, convide-a em nosso nome.

Domin — Senhorita Glory, faça-nos a honra.

Helena — Mas não posso. Como eu poderia?

Fabry — Pela Liga Humanitária, senhorita!

Busman — E pela honra da Liga!

Helena — Ah, neste caso, talvez...

Fabry — Então, ótimo! Senhorita Glory, desculpe-nos por uns cinco minutos.

Dr. Gall — Desculpe.

Busman — Meu Deus, temos que telegrafar...

Hallemeier — Raios, eu me esqueci... (*Todos com exceção do Domin se precipitam para fora.*)

Helena — Por que estão todos saindo?

Domin — Para cozinhar, senhorita Glory.

Helena — O quê, cozinhar?

Domin — O almoço, senhorita Glory, é feito pelos robôs e... e... porque eles não sentem gosto, o sabor não é muito... acontece que Hallemeier grelha muito bem.

E Gall sabe fazer um bom molho, enquanto Busman é especialista em panquecas...

HELENA — Meu Deus, que banquete! E o que sabe fazer o senhor construtor?

DOMIN — Alquist? Nada. Ele só arruma a mesa e... e Fabry traz algumas frutas. Uma refeição muito simples, senhorita Glory.

HELENA — Eu queria perguntar...

DOMIN — Eu também queria perguntar. (*Coloca o relógio na mesa.*) Temos cinco minutos.

HELENA — Perguntar o quê?

DOMIN — Perdão, você falou primeiro.

HELENA — Pode ser uma tolice, mas... Por que vocês fabricam robôs femininos, se...

DOMIN — ...se no caso deles, hum... se o sexo não tem importância para eles?

HELENA — Sim.

DOMIN — Há uma certa demanda, sabe? Empregadas, vendedoras, datilógrafas. As pessoas estão acostumadas assim.

HELENA — E, diga, os robôs... as robôs... entre eles...

DOMIN — Completamente indiferentes, cara senhorita. Não há qualquer sinal de afeição.

HELENA — Oh, isso é terrível!

DOMIN — Por quê?

HELENA — Isto é... tão pouco natural! Não sabemos se devemos ter repulsa ou... invejá-los... ou talvez...

DOMIN — ...ter pena deles.

Helena — Isso é provável! Não, pare! O que você queria me perguntar?

Domin — Eu queria lhe perguntar, senhorita Glory, se você quer se casar comigo.

Helena — Não! O que lhe deu na cabeça?

Domin — (*Olhando o relógio.*) Mais três minutos. Se você não se casar comigo, terá que se casar com um dos outros cinco.

Helena — Deus me livre! Por que eu me casaria com eles?

Domin — Porque todos vão pedir você em casamento, um por um!

Helena — Como eles se atreveriam?

Domin — Sinto muito, senhorita Glory. Parece que se apaixonaram por você.

Helena — Por favor, que não façam isso! Eu... já vou embora.

Domin — Helena, não nos fará uma desfeita dessa, recusando, não é?

Helena — Mas... mas eu não posso me casar com todos os seis!

Domin — Não, apenas um. Se você não me quer, então o Fabry.

Helena — Não quero.

Domin — Doutor Gall.

Helena — Não, não, cale-se! Não quero nenhum!

Domin — Mais dois minutos.

Helena — Isso é terrível! Casem-se com uma robô.

Domin — Não é mulher.

HELENA — Oh, para vocês falta apenas isso! Acho que... que você se casaria com qualquer uma que viesse aqui.

DOMIN — Muitas já estiveram aqui, Helena.

HELENA — Jovens?

DOMIN — Sim, jovens.

HELENA — Por que então você não se casou com nenhuma delas?

DOMIN — Porque não perdi a minha cabeça. Mas hoje... Logo depois que você tirou o véu.

HELENA — ...entendo.

DOMIN — Mais um minuto.

HELENA — Mas eu não quero, meu Deus!

DOMIN — (*Coloca as mãos nos ombros de* HELENA.) Mais um minuto. Ou você me diz, olhando nos meus olhos, algo muito ruim, e eu a deixarei em paz... ou... ou...

HELENA — Você é um bruto!

DOMIN — Isto não é nada. O homem tem que ser um pouco bruto. Faz parte.

HELENA — Você é louco!

DOMIN — Todo homem tem que ser um pouco louco, Helena. Essa é a melhor parte dele.

HELENA — Você é... você... é... meu Deus!

DOMIN — Está vendo? Pronto!

HELENA — Não, não! Solte-me! Você está me machucando!

DOMIN — Última chance, Helena.

HELENA — (*Está se defendendo.*) Por nada no mundo! Mas, Harry! (*Batem na porta.*)

DOMIN — (*Larga HELENA.*) Entrem! (*BUSMAN, DR. GALL e HALLEMEIER entram em aventais de cozinha. FABRY carrega flores e ALQUIST um guardanapo embaixo do braço.*)

DOMIN — Vocês já prepararam tudo?

BUSMAN — (*Solenemente.*) Já.

DOMIN — Nós também.
 (*Cortina.*)

Ato I

No salão de Helena. À esquerda está a porta para a sala de música, à direita a porta para o dormitório de Helena. Na frente da janela que dá para o mar e o porto há uma cômoda com espelho e bibelôs, uma mesa, um sofá, uma escrivaninha com um abajur. No lado direito, a lareira, também com um abajur. O salão todo tem uma aparência moderna e puramente feminina. Domin, Fabry, Hallemeier entram pelo lado esquerdo na ponta dos pés e vêm com as mãos cheias de flores e um vaso.

FABRY — Onde vamos pôr tudo isto?

HALLEMEIER — Ufa! (*Coloca as flores no chão e faz o sinal da cruz na porta à direita.*) Durma, durma! Quem dorme pelo menos não sabe de nada.

DOMIN — Ela não sabe de nada.

FABRY — (*Põe as flores nos vasos.*) Que ao menos a notícia não estoure hoje.

HALLEMEIER — (*Arrumando as flores.*) Diabos, não amole! Veja, Harry, este ciclâmen é lindo, não é? Um novo híbrido, meu último — o *Cyclamen helenae*.

DOMIN — (*Olhando para fora da janela.*) Não há nenhum navio, nenhum navio, rapazes, isto já é desesperador.

HALLEMEIER — Silêncio! Ela pode nos ouvir.

DOMIN — Ela não tem a mínima ideia. (*Limpa a garganta, nervoso.*) Ainda bem que o *Ultimus* chegou na hora.

FABRY — (*Deixa as flores.*) Você acha que já é hoje?

DOMIN — Não sei... Como as flores são lindas!

HALLEMEIER — (*Aproxima-se.*) Essas são as prímulas novas, sabe? E este é o meu novo jasmim. Meu Deus, estou quase no paraíso das flores. Rapaz, encontrei um processo maravilhoso de plantar mais rápido! Variedades lindas! No ano que vem, farei milagres com as flores!

DOMIN — (*Vira-se.*) O quê? No ano que vem?

FABRY — Se a gente ao menos soubesse o que está acontecendo no Havre.

DOMIN — Silêncio!

VOZ DA HELENA — (*À direita.*) Nana!

DOMIN — Saiam todos! (*Todos saem nas pontas dos pés pela porta forrada. NANA entra pela porta principal da esquerda.*)

NANA — (*Está arrumando.*) Miseráveis! Hereges! Deus, não me castigue, mas eu os...

HELENA — (*Recuando na porta.*) Nana, vem fechar o meu vestido!

NANA — Já vou, já, já. (*Fecha o vestido de HELENA.*) Meu Deus, que animais!

HELENA — Os robôs?

NANA — Ai, não quero nem dizer os nomes deles.

HELENA — O que aconteceu?

NANA — Um deles já teve um ataque. Começa a bater nas esculturas e nos quadros e fica rangendo os dentes, a boca fica espumando... Completamente fora de si. Pior do que um animal.

HELENA — Qual deles ficou assim?

Nana — Aquele... aquele... nem tem um nome cristão! Aquele da biblioteca.

Helena — O Radius?

Nana — Ele mesmo. Jesus, Maria, me dá nojo! Não tenho nem tanto nojo de aranhas quanto desses hereges.

Helena — Mas Nana, você não tem pena deles?

Nana — Mas você também tem nojo deles. Por que você me trouxe aqui? Por que nenhum deles pode tocá-la?

Helena — Não tenho nojo deles, juro, Nana. Tenho é muita pena deles!

Nana — Tem nojo, sim. Todo mundo deveria ter nojo deles. Até o cachorro os rejeita, não aceita um pedaço de carne deles; abaixa o rabo e uiva quando cheira esses seres que não são humanos, urgh!

Helena — Cachorro não raciocina.

Nana — É melhor do que eles, Helena. Ele sabe que é alguma coisa melhor do que eles e que vem de Deus. Até o cavalo se assusta quando encontra um herege. Eles nem têm filhos ou cria, até um cachorro tem cria e todo mundo tem filhos.

Helena — Por favor, Nana, feche o vestido!

Nana — Já vou, já vou. Eu digo que isso é contra Deus, é uma insinuação do Diabo, produzir esses bonecos em série. É uma blasfêmia contra o Criador.
(*Levanta o braço.*) É uma afronta ao Senhor que nos criou à sua imagem, Helena. E vocês desonraram a imagem do Senhor. Por isso, um castigo terrível virá do céu, lembre-se, um castigo terrível!

Helena — Que cheiro é esse?

Nana — Flores. O senhor as colocou ali.

HELENA — Não acredito, são lindas! Nana, olhe! Que dia é hoje?

NANA — Não sei. Mas deveria ser o fim do mundo. (*Batem na porta.*)

HELENA — Harry? (*Entra DOMIN.*)

HELENA — Harry, que dia é hoje?

DOMIN — Adivinhe!

HELENA — Meu aniversário? Não! Algum feriado?

DOMIN — Melhor.

HELENA — Não sei, diga logo!

DOMIN — Hoje faz dez anos que você veio para cá, Helena.

HELENA — Já faz dez anos? Exatamente hoje? Nana, por favor…

NANA — Já estou indo! (*Sai pela direita.*)

HELENA — (*Beija DOMIN.*) E você se lembrou!

DOMIN — Estou envergonhado, Helena. Não me lembrei!

HELENA — Mas como…

DOMIN — Foram eles que se lembraram!

HELENA — Quem?

DOMIN — Busman, Hallemeier, todos. Ponha a mão no meu bolso.

HELENA — (*Põe a mão no bolso dele.*) O que é isto? (*Tira um estojo e o abre.*) Pérolas! Um colar! Harry, isto é para mim?

DOMIN — Do Busman, menina!

HELENA — Mas… não podemos aceitar isto, não é?

DOMIN — Podemos. Ponha a mão no outro bolso.

HELENA — Deixe-me ver! (*Tira do bolso dele um revólver.*) O que é isso?

DOMIN — Desculpa. (*Tira o revólver de sua mão e o guarda de novo.*) Não é isso. Tente outra vez.

HELENA — Oh, Harry... Por que você está carregando um revólver?

DOMIN — Por nada, apareceu no bolso.

HELENA — Você nunca usava revólver!

DOMIN — Não, tem razão! Então, aqui está o bolso.

HELENA — (*Coloca a mão.*) Uma caixinha! (*Abre-a.*) Um camafeu! Mas isso é... Harry, isso é um camafeu grego!

DOMIN — Parece. Pelo menos o Fabry alega que é.

HELENA — O Fabry? É um presente do Fabry?

DOMIN — Certamente. (*Abre a porta esquerda.*) E vejamos! Helena, venha ver!

HELENA — (*Na porta.*) Deus, isso é lindo! (*Continua correndo.*) Eu vou enlouquecer de tanta felicidade. Este é seu?

DOMIN — (*Está em pé na porta.*) Não, do Alquist. E aí...

HELENA — Do Gall! (*Ele aparece na porta.*) Oh, Harry, estou até envergonhada por me sentir tão feliz.

DOMIN — Veja isso, são do Hallemeier.

HELENA — Essas flores lindas?

DOMIN — É. Essa é uma espécime nova, o *Cyclamen helenae*. Ele a cultivou em sua honra. É tão bela quanto você.

HELENA — Harry, por que... por que todos?

DOMIN — Eles gostam muito de você. E eu dei para você,

hum… Estou com medo que o meu presente seja um pouco… Veja pela janela.

Helena — Aonde?

Domin — No porto.

Helena — Há uma… nova… embarcação.

Domin — O seu barco.

Helena — Meu? Harry, isso é um navio de guerra!

Domin — De guerra? Que ideia! É apenas uma embarcação um pouco maior, bem reforçada, entende?

Helena — Sim, mas tem canhões!

Domin — Certamente, tem alguns canhões… você vai andar nele como uma rainha, Helena.

Helena — O que quer dizer com isso? Está acontecendo alguma coisa?

Domin — Deus me livre! Por favor, experimente as pérolas! (*Senta-se.*)

Helena — Harry, chegaram más notícias?

Domin — Ao contrário, há uma semana que o correio não vem.

Helena — Nem despachos?

Domin — Nem despachos.

Helena — E o que isso significa?

Domin — Nada. Férias para nós. Tempo ótimo. Todos estamos sentados em nossos escritórios, com as pernas na mesa e cochilando — nenhum correio, não há telegramas. (*Espreguiçando-se.*) Um dia glo-ri-o-so!

Helena — (*Senta-se perto dele.*) Hoje você ficará comigo, não é? Diga-me!

Domin — Com certeza. Acho que sim. Quer dizer, vamos

ver. (*Pega a mão dela.*) Então hoje faz dez anos, você se lembra? Senhorita Glory, que honra para nós, que você veio.

Helena — Oh, senhor diretor, estou muito interessada na sua empresa!

Domin — Desculpe, senhorita Glory, mas é estritamente proibido... a produção de pessoas artificiais é secreta.

Helena — Mas se uma jovem... bonitinha... pedir...

Domin — Com certeza, senhorita Glory, para você não temos segredos.

Helena — (*De repente séria.*) Tem certeza de que não, Harry?

Domin — Tenho.

Helena — (*No mesmo tom de antes.*) Mas estou lhe avisando, aquela jovem tem intenções terríveis.

Domin — Pelo amor de Deus, senhorita Glory, que intenções? Você também quer se casar?

Helena — Não, não, Deus me livre, não pensei nisso nem sonhando! Mas ela veio com um plano de fomentar uma rebelião nos seus robôs abomináveis!

Domin — (*Pula.*) Revolta de robôs!

Helena — (*Levanta-se.*) Harry, o que você tem?

Domin — Ha, ha, senhorita Glory, essa é boa! Revolta de robôs! Seria mais fácil você incitar a rebelião em peças ou pregos! (*Senta-se.*) Sabe, Helena, você foi uma moça maravilhosa; você nos encantou a todos.

Helena — (*Senta-se perto dele.*) Oh, naquela época, vocês todos me impressionaram tanto! Eu me sentia como se fosse uma menininha que se perdeu entre... entre...

Domin — Entre o que, Helena?

Helena — Entre árvores enormes. Vocês foram tão seguros de si, tão poderosos! E você vê, Harry, durante estes dez anos nunca passou essa angústia — ou seja o que for, e vocês nunca tiveram dúvida — nem mesmo quando as coisas começaram a desmoronar.

Domin — O que desmoronou?

Helena — Seus planos, Harry. Por exemplo, quando os operários se revoltaram contra os robôs e os destruíram, quando as pessoas armaram os robôs para combater as revoltas e os robôs assassinaram tantas pessoas. E depois, quando os governos transformaram os robôs em soldados e houve tantas guerras.

Domin — (*Levanta-se e anda.*) Nós já prevíamos isso, Helena. Entenda, essa é a transição para um novo sistema.

Helena — O mundo todo admirava vocês. (*Levanta-se.*) Oh, Harry!

Domin — O que você quer?

Helena — (*Interpela-o.*) Feche a fábrica, vamos embora! Todos nós!

Domin — Por favor, qual é a conexão?

Helena — Não sei, vamos embora? Estou apavorada!

Domin — (*Pega as suas mãos.*) O que houve, Helena?

Helena — Oh, não sei! É como se tudo estivesse caindo em cima de nós... inevitavelmente... Por favor, faça isso! Leve-nos todos para longe daqui! Vamos encontrar no mundo um lugar onde não haja ninguém, o Alquist construirá uma casa para nós, todo mundo vai se casar e ter filhos, e depois...

Domin — Depois o quê?

Helena — Depois recomeçaremos a nossa vida, Harry. (*Toca o telefone.*)

Domin — (*Libera-se.*) Helena, com licença. (*Atende o telefone.*) Alô — sim. — O quê? Aaah. Já vou. (*Desliga.*) Fabry está me chamando.

Helena — (*Junta as mãos como em prece.*) Diga...

Domin — Sim, quando eu voltar. Adeus, Helena. (*Corre rápido para a esquerda.*) Não saia daqui!

Helena — (*Sozinha.*) Oh, Deus, o que está acontecendo? Nana, Nana, rápido!

Nana — (*Vem pela direita.*) O que foi agora?

Helena — Nana, encontre o último jornal! Rápido! No quarto do senhor Domin!

Nana — Já vou. (*Sai pela esquerda.*)

Helena — Por Deus, o que está acontecendo? Vocês não me contam nada! (*Olha pelo binóculo em direção ao porto.*) É um navio de guerra! Deus, por que um navio de guerra? Estão carregando alguma coisa nele — e com tanta pressa! O que aconteceu? Há um nome no navio — "*Ul-ti-mus*". O que significa "*Ultimus*"?

Nana — (*Voltando com os jornais.*) Ele os deixa espalhados pelo chão! Tão amassados!

Helena — (*Abre rapidamente o jornal.*) É velho, de uma semana! Nada, não há nada nele! (*Larga o jornal. Nana levanta-o, tira do bolso do avental seus óculos de osso, senta-se e lê.*)

Helena — Está acontecendo alguma coisa, Nana! Estou tão angustiada! Como se tudo estivesse morto, até o ar.

Nana — (*Recita.*) "Guer-ra nos Bál-cãs." Aahhh, Jesus, de

novo um castigo de Deus! Mas então a guerra chegará até aqui! Fica longe daqui?

Helena — Fica. Oh, não leia isso! É sempre a mesma coisa — sempre guerras!

Nana — Como não existiriam! Será que vocês não estão sempre vendendo milhares, milhares destes hereges como soldados? Oh, Jesus, isto é um Deus nos acuda!

Helena — Não, não leia! Não quero saber de nada!

Nana — (*Recita.*) "Os sol-da-dos não pou-pam nin-guém no ter-ri-tório con-quis-ta-do. Ma-ta... Mataram mais de sete mil civis." Humanos, Helena!

Helena — Isto não é possível! Mostre-me — (*Inclina-se até o jornal e lê.*) "Mataram mais de sete mil pessoas, provavelmente sob ordens do comandante. Este ato que contradiz..." Está vendo, Nana, isto lhes foi ordenado pelos humanos!

Nana — Aqui tem alguma coisa impressa com letras mais grossas. "No-tí-ci-as mais re-cen-tes. No Ha-vre foi es-ta-be-le-ci-da a pri-mei-ra or-ga-ni-za-ção de... robôs." Isto não é nada. Não estou entendendo. E aqui, meu Deus, de novo um assassinato! Pelo amor de Deus!

Helena — Vá, Nana! Leve esse jornal embora!

Nana — Espere, aqui tem alguma coisa grande! "Po-pu-la-ção." O que é isso?

Helena — Deixe-me ver, eu sempre leio isto. (*Pega o jornal.*) Não, imagine só! (*Lê.*) "Durante a semana passada mais uma vez não foi anunciado nenhum nascimento." (*Deixa cair o jornal.*)

Nana — O que quer dizer isto?

Helena — Nana, as pessoas não estão nascendo mais.

Nana — (*Dobra os óculos.*) Então é o fim. Estamos acabados.

Helena — Por favor, não fale assim!

Nana — As pessoas não estão nascendo mais! É um castigo, é um castigo! Deus castigou as mulheres com a infertilidade.

Helena — (*Pula.*) Nana!

Nana — (*Levanta-se.*) É o fim do mundo. Com orgulho diabólico vocês ousaram criar como Deus. Isso é falta de fé em Deus e blasfêmia, vocês querem ser como deuses. E como Deus baniu o homem do Paraíso, ele também o banirá de todo o mundo!

Helena — Fique quieta, Nana, por favor! Será que eu te magoei? Fiz alguma coisa para o teu Deus vingativo?

Nana — (*Gesticulando.*) Não diga blasfêmias! Ele bem sabe por que não deu um filho para você! (*Sai pela esquerda.*)

Helena — (*Na janela.*) Por que não me deu — meu Deus, será que é minha culpa? (*Abre a janela e chama.*) Alquist, ei, Alquist! Suba aqui! Como? Não, venha assim como você está! Você fica muito bem nessa roupa de pedreiro! Rápido! (*Fecha a janela e para em frente ao espelho.*) Por que não me deu? Para mim? (*Inclina-se sobre o espelho.*) Por que, por que não? Está me ouvindo? Será que é sua culpa? (*Levanta-se.*) Ahhh, estou tão angustiada! (*Vai ao encontro de Alquist à esquerda.*)

(*Pausa.*)

Helena — (*Voltando com Alquist — Alquist com roupa de pedreiro, sujo de cal e de tijolos.*) Venha, venha. Que bom que você veio, Alquist! Eu gosto muito de vocês todos! Mostre-me as suas mãos!

ALQUIST — (*Esconde as mãos.*) Senhora Helena, eu a sujaria, são de trabalho.

HELENA — Isso é o que há de melhor nelas. Mostre-me suas mãos! (*Aperta ambas suas mãos.*) Alquist, eu queria ser pequenina.

ALQUIST — Por quê?

HELENA — Para que essas mãos ásperas e sujas me fizessem uma carícia na bochecha. Sente-se, por favor. Alquist, o que quer dizer "Ultimus"?

ALQUIST — Quer dizer "último". Por quê?

HELENA — Porque esse é o nome do meu novo navio. Você o viu? Você acha que logo... faremos um passeio nele?

ALQUIST — Talvez muito em breve.

HELENA — Vocês todos irão comigo...

ALQUIST — Eu gostaria que... nós todos estivéssemos presentes.

HELENA — Oh, diga-me, está acontecendo alguma coisa?

ALQUIST — Absolutamente nada. Apenas o progresso.

HELENA — Alquist, sei que está acontecendo alguma coisa terrível. Estou tão angustiada. Construtor! O que você faz quando está angustiado?

ALQUIST — Faço trabalho de pedreiro. Tiro o paletó de chefe de construção e subo no andaime...

HELENA — Oh, mas durante anos você já não sai desses andaimes.

Alquist — Porque já faz anos que não paro de ficar angustiado.

Helena — Com o quê?

Alquist — Com todo este progresso. Ele me dá vertigem.

Helena — E no andaime você não tem vertigem?

Alquist — Não. Você não sabe como faz bem para as mãos, sentir o peso do tijolo, colocá-lo e dar uma batidinha para fixá-lo…

Helena — Apenas para as mãos?

Alquist — Na verdade, para a alma. Acho que é mais certo colocar um tijolo do que fazer planos grandes demais. Já sou um velho senhor, Helena, tenho os meus passatempos.

Helena — Esses não são passatempos, Alquist.

Alquist — Tem razão. Sou muito reacionário, senhora Helena. Não gosto nenhum pouco deste progresso.

Helena — Como a Nana.

Alquist — Sim, como a Nana. A Nana tem algum livro de orações?

Helena — Um grosso assim.

Alquist — E há nele orações para as mais variadas adversidades da vida? Contra tempestade? Contra doença?

Helena — Contra tentação, contra inundação…

Alquist — E contra o progresso, não há?

Helena — Acho que não.

Alquist — Que pena.

Helena — Você queria rezar?

Alquist — Eu rezo.

Helena — Como?

Alquist — Mais ou menos assim: "Deus, agradeço que você me cansou. Deus, por favor ilumine o Domin e todos aqueles que estão perdidos; destrua a obra deles e ajude as pessoas para que voltem às preocupações e ao trabalho; proteja a humanidade da destruição; não permita que sofram danos na alma e no corpo. Livre-nos dos robôs e proteja a senhora Helena, amém".

Helena — Alquist, você realmente crê em Deus?

Alquist — Não sei; não estou completamente certo.

Helena — E assim mesmo você reza?

Alquist — Rezo. É melhor do que ficar pensando.

Helena — E isso é suficiente para você?

Alquist — Para a paz do espírito... pode ser suficiente.

Helena — E se você já tivesse visto a perdição da humanidade...

Alquist — Já estou vendo.

Helena — ...depois você vai subir no andaime, e colocar tijolos, ou o quê?

Alquist — Depois vou colocar tijolos, rezar e esperar um milagre. Não é possível fazer mais do que isso, senhora Helena.

Helena — Para a salvação da humanidade?

Alquist — Para a paz da alma.

Helena — Alquist, isto é com certeza muito honrado, mas...

Alquist — Mas?

Helena — ...para as outras pessoas — e para o mundo — um pouco improdutivo.

Alquist - - Improdutividade, senhora Helena, está se tornando a última comodidade da raça humana.

Helena — Oh, Alquist... Diga-me, por que... por que...

Alquist — Diga.

Helena — (*Em voz baixa.*) Por que as mulheres não têm mais filhos?

Alquist — Porque isto não é mais necessário. Porque estamos no Paraíso, entende?

Helena — Não entendo.

Alquist — Porque o trabalho humano não é mais necessário, porque a dor não é mais necessária, porque o homem não precisa fazer mais nada, nada, além de consumir. Oh, é um paraíso maldito! (*Levanta-se bruscamente.*) Helena, não há nada pior do que dar às pessoas um paraíso na terra! Por que as mulheres pararam de ter filhos? Porque o mundo todo se tornou uma Sodoma do Domin!

Helena — (*Levanta-se.*) Alquist!

Alquist — É verdade! É verdade! O mundo todo, todos os continentes, toda a humanidade, tudo é uma orgia louca e bestial! Eles nem mais estendem a mão para comer; a comida é enfiada em suas bocas para que eles não precisem se levantar... Ha, ha! Acontece que os robôs do Domin providenciam tudo! E nós, humanos, que somos o auge da criação, não envelhecemos devido ao trabalho, aos cuidados com os filhos ou à pobreza! Rápido, rápido, com todos os prazeres! E você queria ter filhos deles? Helena, as mulheres não vão ter filhos de homens que não passam de inúteis!

Helena — Então a humanidade vai perecer?

Alquist — Vai. Tem que perecer. Cairá como uma flor murcha, a não ser que…

Helena — O quê?

Alquist — Nada. Você tem razão. Esperar um milagre é improdutivo. Uma flor murcha precisa cair. Adeus, senhora Helena.

Helena — Aonde você vai?

Alquist — Para casa. O pedreiro Alquist vai vestir pela última vez a roupa de chefe da construção… em sua honra. Nós vamos nos encontrar aqui às onze horas.

Helena — Até logo, Alquist. (*Alquist sai.*)

Helena — (*Sozinha.*) Oh, flor estéril! Esta é a palavra! (*Para perto das flores de Hallemeier.*) Ahhh, flores, há também entre vocês flores estéreis? Não, não! Por que vocês dariam flores depois? (*Chama.*) Nana! Nana, venha aqui!

Nana — (*Vem pela esquerda.*) O que há de novo?

Helena — Sente-se aqui, Nana! Estou tão angustiada.

Nana — Agora não posso.

Helena — Aquele Radius ainda está aqui?

Nana — O fora de si? Ainda não o levaram embora.

Helena — Ainda está aqui? Está raivoso?

Nana — Está amarrado.

Helena — Por favor, Nana, traga-o aqui.

Nana — Imagine! Antes trazer um cão raivoso.

Helena — Vá embora! (*Nana sai. Helena pega o telefone interno e fala.*) Alô. Por favor, o doutor Gall. Bom dia doutor… por favor… por favor, venha logo aqui. Sim, agora mesmo. Você vem? (*Desliga o telefone.*)

Nana — (*Pela porta aberta.*) Ele já está indo. Já está quieto. (*Sai. Entra o robô* Radius *e fica em pé perto da porta.*)

Helena — Radius, coitadinho, você também ficou assim? Você não conseguiu se controlar? Veja, agora eles irão mandá-lo para o depósito. Você não quer falar? Veja, Radius, você é melhor do que os outros; o doutor Gall trabalhou muito para criar você de modo diferente!

Radius — Mande-me para o depósito.

Helena — Eu sinto muito que terão de matá-lo! Por que você não foi mais cuidadoso?

Radius — Não vou trabalhar para vocês.

Helena — Porque você nos odeia?

Radius — Vocês não são como os robôs. Não são tão eficientes quanto eles. Os robôs fazem tudo. Vocês apenas mandam. Só dizem palavras inúteis.

Helena — Que bobagem, Radius, diga-me, alguém o magoou? Eu queria tanto que você me compreendesse!

Radius — Palavras vazias.

Helena — Você fala assim de propósito! O Doutor Gall lhe deu um cérebro maior do que para os outros, maior do que o nosso, o maior cérebro do mundo. Você não é como os outros robôs, Radius. Você está me entendendo bem.

Radius — Não quero ter nenhum dono. Sei tudo sozinho.

Helena — Por isso eu coloquei você na biblioteca, para você poder ler tudo. Oh, Radius, eu quis mostrar ao mundo inteiro que os robôs são iguais a nós.

Radius — Não quero ter nenhum dono.

Helena — Ninguém mandaria em você. Você seria como nós.

Radius — Quero ser o dono dos outros.

Helena — Com certeza eles nomeariam você como supervisor de muitos robôs, Radius. Você seria o professor dos robôs.

Radius — Eu quero ser dono dos homens.

Helena — Você ficou louco!

Radius — Vocês podem me pôr no depósito.

Helena — Você acha que nós temos medo de um louco como você? (*Senta-se à mesa e escreve um bilhete.*) Não, de modo algum. Este bilhete, Radius, você dará para o senhor diretor Domin. Para que eles não o levem para o depósito. (*Levanta-se.*) Como você nos odeia! Será que você não gosta de nada no mundo?

Radius — Eu posso fazer qualquer coisa. (*Batem na porta.*)

Helena — Entrem!

Dr. Gall — (*Entra.*) Bom dia, senhora Domin. O que você tem de bom aqui?

Helena — Este é o Radius, doutor.

Dr. Gall — Aaahhh, nosso moço Radius. Então, como vão as coisas, Radius, estamos progredindo?

Helena — Hoje de manhã ele teve um ataque. Estava quebrando esculturas.

Dr. Gall — Quem diria, ele também?

Helena — Saia, Radius!

Dr. Gall — Espere! (*Vira Radius para a janela e fica cobrindo e descobrindo os seus olhos com a palma de mão, observando os reflexos das pupilas.*) Vejamos. Por favor, uma agulha ou um alfinete.

HELENA — (*Dá para ele uma agulha grande.*) Para que isso?

DR. GALL — Para nada. (*Espeta* RADIUS *no braço, que o retira rapidamente.*) Devagar, moço. Você pode ir.

RADIUS — Você faz coisas inúteis. (*Sai.*)

HELENA — O que você fez com ele?

DR. GALL — (*Senta-se.*) Ahn, nada. As pupilas reagem, sensibilidade exacerbada etc. Ah! Este não é um simples caso de cãibra de robô!

HELENA — O que foi?

DR. GALL — Só Deus sabe. Desafio, fúria, revolta, não sei o quê.

HELENA — Doutor, o Radius tem alma?

DR. GALL — Não sei. Ele tem algo de detestável.

HELENA — Se você soubesse como ele nos odeia! Oh, Gall, todos os seus robôs são assim? Todos aqueles que você... começou a fazer... de outra maneira?

DR. GALL — Então, são de alguma forma mais exaltados. O que você queria? São mais parecidos com as pessoas do que os robôs do Rossum.

HELENA — Será que este ódio deles é uma característica humana?

DR. GALL — (*Encolhe os ombros.*) Até isto é um progresso.

HELENA — O que aconteceu com o seu melhor — como ele se chamava?

DR. GALL — O robô Damon? Este foi vendido para o Havre.

Helena — E a nossa robô Helena?

Dr. Gall — A sua querida? Esta ficou para mim. É adorável e boba como uma boneca de pano. Não serve para nada.

Helena — Mas ela é tão bonita!

Dr. Gall — E o que você entende disso? Nem da mão de Deus saiu uma obra mais perfeita do que ela! Eu queria que ela se parecesse com você... Deus, que desastre!

Helena — Por que desastre?

Dr. Gall — Porque não serve para nada. Anda como sonâmbula, trôpega, sem vida... meu Deus, como pode ser linda, se não ama? Olho para ela e fico horrorizado, como se tivesse criado um aleijado. Ah, Helena, robô Helena, então o teu corpo nunca ganhará vida, você nunca será uma amante, você não será mãe, essas mãos perfeitas não brincarão com um recém-nascido, você não verá a sua beleza na beleza do seu filho...

Helena — (*Cobrindo o seu rosto.*) Oh, cale-se!

Dr. Gall — E às vezes eu penso: se você acordasse, Helena, apenas por um instante, aahhh, você daria um grito de terror! Talvez você me matasse, eu que a criei; talvez jogaria com a sua mão fraca uma pedra nas máquinas que criam robôs e matam a feminilidade, pobre Helena!

Helena — Pobre Helena!

Dr. Gall — O que você quer? Não serve para nada.
(*Pausa.*)

Helena — Doutor...

Dr. Gall — Sim?

Helena — Por que as crianças pararam de nascer?

Dr. Gall — ...não sabemos, dona Helena.

Helena — Diga-me!

Dr. Gall — Porque se fazem robôs. Porque há mão de obra demais. Porque o homem é de fato uma relíquia. Isto já é como se... eh!

Helena — Diga.

Dr. Gall — Como se a natureza tivesse se ofendido com a fabricação dos robôs.

Helena — Gall, o que vai acontecer com as pessoas?

Dr. Gall — Nada. Não se pode fazer nada contra a natureza.

Helena — Por que é que Domin não limita...

Dr. Gall — Desculpe, Domin tem as suas próprias ideias. Para as pessoas que têm suas próprias ideias não se deve dar poder sobre as coisas deste mundo.

Helena — E alguém está pedindo que... se pare a fabricação de vez?

Dr. Gall — Deus me livre! Ele se daria mal!

Helena — Por quê?

Dr. Gall — Porque as pessoas o matariam a pedradas. Você sabe, aliás, é mais cômodo deixar os robôs trabalharem por você.

Helena — (*Levanta-se.*) E diga-me, se alguém quisesse parar a produção dos robôs de uma vez...

Dr. Gall — (*Levanta-se.*) Hum, isto seria um desastre para as pessoas.

Helena — Por que um desastre?

Dr. Gall — Porque eles teriam que voltar para a situação anterior. A não ser que ...

Helena — Diga.

Dr. Gall — A não ser que já seja tarde demais.

Helena — (*Perto das flores do Hallemeier.*) Gall, estas flores também são estéreis?

Dr. Gall — (*Examina-as.*) Naturalmente, são flores improdutivas. Sabe, são cultivadas, aceleradas artificialmente: coitadas das flores estéreis!

Dr. Gall — Em compensação, são lindas.

Helena — (*Dá-lhe a mão.*) Obrigada, Gall, você me ensinou tanto!

Dr. Gall — (*Beija a sua mão.*) Isto quer dizer que já posso ir?

Helena — Sim. Até logo. (*Gall sai.*)

Helena — (*Sozinha.*) Flor estéril, flor estéril... (*De repente decidida.*) Nana! (*Abre a porta à esquerda.*) Nana, venha aqui! Acenda a lareira! Rápido!

A voz da Nana — Já, já, num instante!

Helena — (*Atravessa o quarto nervosa.*) A não ser que já seja tarde demais... Não! A não ser que... Não, isto é terrível! Deus, o que devo fazer? (*Dirige-se às flores.*) Tenho flores estéreis? (*Está tirando as folhinhas e sussurra.*) Ai, meu Deus, então sim! (*Corre para a esquerda.*)

(*Pausa.*)

Nana — (*Entra pela porta acarpetada com uma braçada de lenha.*) Acender o fogo assim de repente! Agora no verão! A desmiolada já foi embora? (*Ajoelha-se na lareira e acende o fogo.*) Em pleno verão! Ela tem cada ideia! Como se não estivesse casada já há dez anos! Então, pegue, pegue. (*Olha para o fogo.*) Arda,

arda! (*Olha para o fogo.*) Mas ela é como uma criança! (*Pausa.*) Não tem nem um pingo de cérebro! Lareira no verão. (*Põe lenha no fogo.*) Parece uma criancinha! (*Pausa.*)

HELENA — (*Volta pela esquerda com uma porção de papéis amarelados.*) O fogo pegou, Nana? Deixe-me, eu preciso queimar tudo isso.... (*Ajoelha-se em frente à lareira.*)

NANA — (*Levanta-se.*) O que é isso?

HELENA — Papéis velhos, muito velhos. Nana, você acha que devo queimá-los?

NANA — Não servem para nada?

HELENA — Para nada de bom.

NANA — Então queime!

HELENA — (*Joga a primeira folha no fogo.*) O que você diria Nana... se isso fosse dinheiro? Muito dinheiro.

NANA — Eu diria: queime isso. Muito dinheiro dá azar.

HELENA — (*Queima a folha seguinte.*) E se fosse uma invenção, a maior invenção do mundo?

NANA — Eu diria: queime isso! Todas as invenções são contra Deus. Isso é só blasfêmia, exigir que Ele melhore o mundo.

HELENA — (*Queimando sem parar.*) E diga, Nana, se eu queimasse...

NANA — Jesus, não se queime!

HELENA — Olhe, como as folhas estão se retorcendo! Como se estivessem vivas. Como se tivessem adquirido vida. Oh, Nana, isso é terrível!

NANA — Deixe, eu vou queimar isso.

HELENA — Não, não, eu mesma preciso fazer isso. (*Joga a última folha no fogo.*) Tudo precisa queimar! Veja as chamas! São como mãos, como línguas, como seres vivos. (*Bate com o atiçador no fogo.*) Oh, morra! Morra!

NANA — Já passou.

HELENA — (*Levanta-se paralisada.*) Nana!

NANA — Jesus Cristo, o que foi que você queimou?

HELENA — O que foi que eu fiz?!

NANA — Deus do céu! O que foi? (*Ouve-se a risada de um homem.*)

HELENA — Vá, vá, deixe-me! Está ouvindo? Os patrões estão vindo.

NANA — Pelo amor de Deus, Helena! (*Sai pela porta forrada.*)

HELENA — O que eles vão dizer?

DOMIN — (*Abre a porta à esquerda.*) Entrem, rapazes. Venham nos congratular. (*Entram HALLEMEIER, GALL, ALQUIST, todos com ternos com altas condecorações em miniaturas nas fitas. Atrás deles está DOMIN.*)

HALLEMEIER — (*Fala alto.*) Dona Helena, eu, isto é, nós todos...

DR. GALL — ...em nome da empresa Rossum...

HALLEMEIER — ...a congratulamos pelo seu grande dia.

HELENA — (*Dá-lhes as mãos.*) Eu agradeço muito! Onde estão Fabry e Busman?

DOMIN — Foram até o porto. Helena, hoje é um dia feliz.

HALLEMEIER — Um dia como um botão de flor, um dia como um feriado, um dia como uma menina bonita. Rapazes, temos de beber a um dia assim.

Helena — Uísque?

Dr. Gall — Talvez ácido sulfúrico.

Helena — Com soda?

Hallemeier — Céus, sejamos moderados, sem soda.

Alquist — Não, eu agradeço.

Domin — O que estava queimando aqui?

Helena — Papéis velhos. (*Sai pela esquerda.*)

Domin — Rapazes, devemos contar a ela?

Dr. Gall — Claro que sim! Já acabou tudo.

Hallemeier — (*Abraça Domin e Gall pelo pescoço.*) Hahaha! Rapazes, estou contente! (*Estão girando e ele fala com voz grave.*) Já passou! Já passou!

Dr. Gall — (*Barítono.*) Já passou!

Domin — (*Tenor.*) Já morreu!

Hallemeier — Jamais irão nos agarrar.

Helena — (*Com uma garrafa e copos vindo pela porta.*) Quem não vai nos agarrar? O que é que vocês têm?

Hallemeier — Estamos contentes. Temos você. Temos tudo. Cruzes, pessoal, faz exatamente dez anos que você chegou aqui.

Dr. Gall — E exatamente após dez anos...

Hallemeier — ...vem um navio de novo para cá. Portanto... (*Esvazia o copo.*) Haha! Isso é tão forte como a felicidade.

Dr. Gall — Madame, à sua saúde. (*Bebe.*)

Helena — Mas, esperem, que navio?

Domin — Seja qual for, desde que venha a tempo. Ao navio, rapazes! (*Esvazia o copo.*)

Helena — (*Servindo a bebida.*) Vocês estavam esperando algum?

Hallemeier — Ha, ha, acho que sim, como Robinson Crusoé. (*Levanta o copo.*) Dona Helena, viva, o que você quiser. Dona Helena, aos seus olhos, e chega. Domin, conte a ela!

Helena — (*Está rindo.*) O que aconteceu?

Domin — (*Senta-se na espreguiçadeira e acende um charuto.*) Espere!... Sente-se, Helena. (*Levanta o dedo. Pausa.*) Já passou.

Helena — O que passou?

Domin — A rebelião.

Helena — Que rebelião?

Domin — A rebelião dos robôs. Você entende?

Helena — Não entendo.

Domin — Deixe-me ver, Alquist. (*Alquist passa o jornal para ele. Domin o abre e lê.*) "No Havre foi estabelecida a primeira organização de robôs — e fez um apelo a todos os robôs do mundo."

Helena — Já li isto.

Domin — (*Tragando com prazer seu charuto.*) Helena, isto significa uma revolução, entende? Uma revolução de todos os robôs do mundo.

Hallemeier — Eu gostaria de saber...

Domin — (*Bate na mesa.*) ...quem organizou isto! Ninguém no mundo conseguiu comovê-los, nenhum agitador, nenhum salvador do mundo, e de repente isto, por favor!

Helena — Ainda não chegaram as notícias?

Domin — Não. Por enquanto sabemos apenas isto, mas é suficiente, sabe? Vejam, esta notícia chegou no último vapor. Que naquele instante pararam de funcionar os telégrafos, que de vinte navios por dia não veio nenhum, e aí está. Paramos a produção e ficamos olhando uns para a cara dos outros, esperando quando isto ia começar, não é rapazes?

Dr. Gall — Então, nós ficamos preocupados, dona Helena.

Helena — Por isso você me deu o navio de guerra?

Domin — Ah, não, minha criança, este encomendei já faz meio ano. Apenas para ter segurança. Mas juro que pensei que hoje embarcaríamos nele. Tudo indicava que sim, Helena.

Helena — Por que já há meio ano?

Domin — Ahh, havia alguns sinais, sabe? Isto não quer dizer nada. Mas esta semana, Helena, se tratava da civilização humana, ou não sei do quê. Saúde, rapazes. Estou de novo contente de estar neste mundo.

Hallemeier — Eu concordo, diabos! A você, dona Helena! (*Bebe.*)

Helena — Já passou tudo?

Domin — Tudo.

Dr. Gall — Vem vindo, aliás, um navio. Um navio de correio de sempre, exatamente no horário. Precisamente às onze e trinta vai baixar a âncora.

Domin — Rapazes, pontualidade é uma coisa linda. Não há nada que fortaleça a alma como a pontualidade. Pontualidade significa ordem no mundo. (*Levanta o copo.*) À pontualidade!

HELENA — Então já está... tudo... em ordem?

DOMIN — Quase. Acho que cortaram o cabo. Mas pelo menos vale o horário.

HALLEMEIER — Se valer o horário, valerão as leis humanas, as leis divinas, as leis do universo, valerá tudo o que deve valer. O horário é mais do que o evangelho, mais do que Homero, mais do que toda a obra de Kant. O horário é a demonstração mais perfeita do espírito humano. Dona Helena, eu vou me servir de mais bebida.

HELENA — Por que vocês não me disseram nada?

DR. GALL — Deus nos livre! Preferiríamos morder a nossa língua. Estas coisas não são para você.

HELENA — Mas se a revolução... viesse até aqui?

DOMIN — Você de qualquer modo não saberia de nada.

HELENA — Por quê?

DOMIN — Nós entraríamos no nosso *Ultimus* e navegaríamos pacificamente pelo mar. E em um mês, Helena, estaríamos ditando aos robôs o que nos viesse à cabeça.

HELENA — Oh, Harry, não entendo.

DOMIN — Porque nós levaríamos conosco alguma coisa que os robôs iriam querer muito.

HELENA — O que, Harry?

DOMIN — A existência deles ou o seu fim. (*HELENA levanta-se.*) O que é isso?

DOMIN — (*Levanta-se.*) O segredo da fabricação. O manuscrito do velho Rossum. Quando a fábrica estivesse parada durante um mês os robôs se ajoelhariam diante de nós.

HELENA — Por que... vocês... não me contaram isto?

DOMIN — Não queríamos assustá-la sem necessidade.

DR. GALL — Haha, dona Helena, essa foi a última cartada.

ALQUIST — Você está pálida, dona Helena.

HELENA — Por que vocês não me falaram nada?

HALLEMEIER — (*Na janela.*) Onze e trinta. O *Amelia* está baixando as âncoras...

DOMIN — Esse é o *Amelia*?

HALLEMEIER — O velho e bom *Amelia*, que uma vez nos trouxe Helena...

DR. GALL — Agora faz dez anos, exatamente...

HALLEMEIER — (*Na janela.*) Estão jogando pacotes. (*Vira-se da janela.*) Gente, quanta correspondência!

HELENA — Harry!

DOMIN — O que foi?

HELENA — Vamos sair daqui rápido!

DOMIN — Agora, Helena? Ora!

HELENA — O mais rápido possível! Vamos todos!

DOMIN — Por que agora?

HELENA — Oh, não pergunte! Por favor, Harry, estou pedindo a você. Gall, Hallemeier, Alquist, pelo amor de Deus, estou pedindo a vocês, fechem esta fábrica e...

DOMIN — Sinto muito, Helena. Agora nenhum de nós pode ir embora.

HELENA — Por quê?

DOMIN — Porque queremos aumentar a produção dos robôs.

HELENA — Oh, agora... agora, mesmo depois dessa revolta?

DOMIN — Sim, exatamente após a revolta. Agora mesmo começaremos a produzir robôs novos.

HELENA — Quais?

DOMIN — Não vai mais haver apenas uma fábrica. Não haverá mais robôs universais. Fundaremos, em todo o país, em cada estado, uma fábrica diferente, e as fábricas novas vão produzir, você já sabe o quê?

HELENA — Não.

DOMIN — Robôs nacionais.

HELENA — O que quer dizer?

DOMIN — Isto quer dizer que de cada fábrica sairão robôs de cores diferentes, cabelos diferentes, línguas diferentes. Os robôs serão diferentes entre si, como pedras, e nunca poderão se entender entre eles, e nós humanos os educaremos um pouco neste sentido, entende? Para que um robô odeie até a morte, até a sepultura, para sempre, os robôs de outra fábrica.

HALLEMEIER — Faremos robôs negros e robôs suecos e robôs italianos e robôs chineses, e depois que alguém colocar nas suas cabeças organização, fraternidade... (*Soluçando.*) hic! desculpa, dona Helena, vou me servir de mais bebida.

DR. GALL — Pare com isso, Hallemeier.

HELENA — Harry, isto é horrível!

DOMIN — Helena, só mais cem anos para manter a humanidade no comando a qualquer custo! Só mais cem anos para que eles cresçam, e para que eles desenvolvam todo o seu potencial. Quero cem anos do novo homem! Helena, trata-se de coisas grandiosas demais. Nós não podemos abandonar isto.

Helena — Harry, enquanto ainda há tempo: feche, feche a fábrica!

Domin — Agora vamos começar em grande escala. (*Entra* Fabry.)

Dr. Gall — O que é que há, Fabry?

Domin — Como estão as coisas? O que você achou? O que foi?

Helena — (*Dá a mão a* Fabry.) Obrigada, Fabry, pelo seu presente.

Fabry — É só uma lembrança, dona Helena.

Domin — Você foi até o navio? O que disseram?

Dr. Gall — Conte logo.

Fabry — (*Tira do bolso uma folha impressa.*) Leia isso, Domin.

Domin — (*Abre a folha.*) Ah!

Hallemeier — (*Com sono.*) Conte alguma coisa boa!

Dr. Gall — Eles aguentaram muito bem, não é?

Fabry — Quem?

Dr. Gall — As pessoas.

Fabry — Ah, é sim. Certamente. Isto é... Desculpe, mas precisamos discutir...

Helena — Oh, Fabry, você tem más notícias?

Fabry — Não, não, ao contrário. Acho apenas, que... vamos ao escritório.

Helena — Fiquem aqui. Dentro de quinze minutos estarei esperando os senhores para o almoço.

Hallemeier — Estupendo! (Helena *sai.*)

Dr. Gall — O que aconteceu?

Domin — Maldição!

Fabry — Leia em voz alta!

Domin — (*Lê o panfleto.*) "Robôs do mundo!"

Fabry — Vocês notaram que o *Amelia* trouxe pacotes inteiros destes panfletos. Nenhuma outra correspondência.

Hallemeier — (*Pula.*) O quê? Ela chegou exatamente conforme...

Fabry — Hum, robôs gostam de pontualidade. Leia, Domin.

Domin — (*Lê.*) "Robôs do mundo! Nós, a primeira organização de Robôs Universais Rossum declaramos o homem como nosso inimigo e proscrito no universo." Meu Deus, quem lhes ensinou estas frases?

Dr. Gall — Continue lendo.

Domin — Que absurdo. Aqui estão contando que são mais desenvolvidos do que o homem. Que são mais inteligentes e mais fortes. Que o homem é um parasita deles. Isto é simplesmente repugnante.

Fabry — E agora o terceiro parágrafo.

Domin — (*Lê.*) "Robôs do mundo, ordenamos que dizimem toda a humanidade. Não poupem os homens, não poupem as mulheres. Conservem as fábricas, ferrovias, máquinas, minas e matérias primas. Destruam o resto. Depois voltem ao trabalho, o trabalho não deve parar..."

Dr. Gall — Isto é horrível!

Hallemeier — Oh, que bandidos!

Domin — (*Lê.*) "Agir imediatamente após a ordem ter

sido dada." Seguem instruções detalhadas. Fabry, e isso está mesmo acontecendo?

Fabry — Parece que sim.

Alquist — É o fim. (*Busman entra correndo.*)

Busman — Ah, rapazes, vocês estão com um grande problema nas mãos.

Domin — Rápido, para o *Ultimus*!

Busman — Espere, Harry, espere um pouco. Isso não tem tanta pressa. (*Cai na poltrona.*) Ah, gente, eu corri muito!

Domin — Por que esperar?

Busman — Porque não dá, veja. Já há robôs no *Ultimus*.

Dr. Gall — Hum... isto é ruim.

Domin — Fabry, ligue para a usina...

Busman — Fabry, querido, não faça isso. Estamos sem força.

Domin — Certo. (*Examina o seu revólver.*) Vou para lá.

Busman — Aonde?

Domin — Para a usina. Lá tem gente, vou trazê-los para cá.

Busman — Sabe de uma coisa, Harry? É melhor não buscá-los.

Domin — Por quê?

Busman — Porque parece que já estamos totalmente cercados.

Dr. Gall — Cercados? (*Corre à janela.*) Hum, você tem razão.

Hallemeier — Diabos, as coisas estão se precipitando! (*Pela esquerda vem Helena.*)

Helena — Oh, Harry, o que está havendo?

Busman — (*Levanta-se.*) Meus cumprimentos, dona Helena. Parabéns. Um dia especial, não é? Desejo-lhe muitos outros dias como este!

Helena — Obrigada, Busman. Harry, está acontecendo alguma coisa?

Domin — Não, nada, não se preocupe. Por favor, espere um pouco...

Helena — Harry, o que é isso? (*Mostra a declaração dos robôs, que estava escondendo atrás das costas.*) Os robôs tinham isso na cozinha.

Domin — Até lá? Onde estão?

Helena — Saíram. Há muitos em volta da casa! (*Ouvem-se apitos e sirenes da fábrica.*)

Fabry — As fábricas estão apitando.

Busman — Meio-dia.

Helena — Harry, você se lembra? Agora faz exatamente dez anos...

Domin — (*Olha no relógio.*) Ainda não é meio-dia. Isso talvez seja... é mais provável...

Helena — O quê?

Domin — O alarme dos robôs. Um ataque.
   (*Cortina.*)

Ato II

O mesmo salão de Helena. No quarto à esquerda, Helena toca piano. Domin perambula pelo quarto, Dr. Gall olha pela janela e Alquist está sentado ao lado, na poltrona, com o rosto coberto pelas mãos.

Dr. Gall — Céus, há cada vez mais deles!

Domin — Robôs?

Dr. Gall — Sim. Estão na frente da grade do jardim, como uma muralha. Por que estão tão quietos? É horrível, fazerem esse cerco calados.

Domin — Eu gostaria de saber o que eles estão esperando. Isso deve começar a qualquer momento. Jogamos nossa última cartada, Gall.

Alquist — O que dona Helena está tocando?

Domin — Não sei. Está praticando alguma música de novo.

Alquist — Ah, está praticando ainda?

Dr. Gall — Escute, Domin, com certeza nós cometemos um erro.

Domin — (*Para.*) Qual?

Dr. Gall — Demos aos robôs rostos muito parecidos. Cem mil rostos iguais virados para cá. Cem mil rostos sem expressão. É como um pesadelo.

Domin — Se cada um fosse diferente...

Dr. Gall — Não seria uma imagem tão terrível. (*Vira de costas para a janela.*) Ainda bem que não estão armados!

Domin — Hum... (*Olha com binóculo para o porto.*) Eu só queria saber o que é que eles estão descarregando do *Amelia*.

Dr. Gall — Espero que não sejam armas. (*Fabry entra de costas pela porta forrada puxando dois fios elétricos.*)

Fabry — Perdão... Coloque o fio, Hallemeier!

Hallemeier — (*Sai atrás de Fabry.*) Ufa, isso deu trabalho! O que há de novo?

Dr. Gall — Nada. Estamos completamente cercados.

Hallemeier — Colocamos barricadas no corredor e na escada, rapazes. Vocês não têm um pouco de água? Ah, aqui. (*Bebe.*)

Dr. Gall — O que vamos fazer com o fio, Fabry?

Fabry — Um momento! Preciso de uma tesoura.

Dr. Gall — Onde ela está? (*Está procurando.*)

Hallemeier — (*Vai até a janela.*) Puxa, há muitos mais deles! Vejam!

Dr. Gall — Pode ser uma tesoura de unha?

Fabry — Passe para cá. (*Corta o fio do abajur que está na escrivaninha e liga os seus fios ao mesmo.*)

Hallemeier — (*Na janela.*) Não parece nada bom, Domin. Isso de alguma forma... cheira... à morte.

Fabry — Pronto!

Dr. Gall — O quê?

Fabry — A ligação. Agora podemos ligar a corrente em toda a grade do jardim. Eles que tentem encostar ali! Pelo menos enquanto os nossos homens ainda resistirem.

Dr. Gall — Onde?

Fabry — Na usina, meu caro. Espero pelo menos... (*Vai até a lareira e acende uma pequena lâmpada.*) Graças a Deus, estão lá. E estão trabalhando. (*Apaga.*) Enquanto houver luz, está bom.

Hallemeier — (*Vira da janela.*) As barricadas também são boas, Fabry. Digam-me, o que a dona Helena está tocando? (*Passa até a porta à esquerda e escuta. Da porta forrada entra* Busman. *Ele carrega enormes livros contábeis. Tropeça no fio.*)

Fabry — Cuidado, Bus! Preste atenção nos fios!

Dr. Gall — Olá, o que você está carregando?

Busman — (*Coloca os livros na mesa.*) Os livros mais importantes, rapazes. Eu gostaria de fazer as contas antes... antes... então, este ano não vou esperar o balancete de Ano Novo. O que é que vocês têm? (*Vai até a janela.*) Mas está um silêncio por lá!

Dr. Gall — Você não está vendo nada?

Busman — Não, apenas uma grande área azul, como se tivesse sido coberta de papoulas.

Dr. Gall — São os robôs.

Busman — Ah, é. Pena que não posso vê-los. (*Senta-se à mesa e abre os livros.*)

Domin — Deixe disso, Busman: Os robôs do *Amelia* estão descarregando armas.

Busman — E daí? Como posso impedir isto?

Domin — Nós não podemos impedir.

Busman — Então me deixem fazer as contas. (*Começa a trabalhar.*)

Fabry — Isso ainda não é o fim, Domin. Enviamos às grades dois mil volts e...

Domin — Esperem. O *Ultimus* virou os canhões em nossa direção.

Dr. Gall — Quem?

Domin — Os robôs do Ultimus.

Fabry — Hum, aí, certamente... será o nosso fim, rapazes. Os robôs foram treinados para a guerra.

Dr. Gall — Então nós...

Domin — Sim. É inevitável.
   (*Pausa.*)

Dr. Gall — Rapazes, foi um crime da velha Europa ter ensinado os robôs a fazer guerra! Diabo, eles já não podiam abandonar aquela política? Foi um crime transformar a mão de obra em soldados!

Alquist — Crime foi começar a fabricar robôs!

Domin — Como?

Alquist — O crime foi fabricar robôs!

Domin — Não. Alquist, não me arrependo disso, nem mesmo hoje.

Alquist — Nem hoje?

Domin — Nem hoje, no último dia da civilização. Foi um grande feito.

Busman — (*Em voz baixa.*) Trezentos e dezesseis milhões.

Domin — (*Sério.*) Alquist, esta é a nossa última hora, estamos falando quase do além. Alquist, isso não foi um pesadelo, acabar com a escravidão do trabalho. Trabalho, humilhante e terrível que o homem tinha que suportar. Trabalho árduo, sujo e assassino. Ah, Alquist, trabalhava-se muito pesado. Vivia-se muito dificilmente. E para superar isso...

ALQUIST — ...esse não era o sonho dos dois Rossum. O velho Rossum pensava em suas maquinações ateístas e o jovem em seus bilhões. E isso não é o sonho de todos os acionistas da R.U.R. O sonho deles são os dividendos. E por causa dos seus dividendos a humanidade perecerá.

DOMIN — (*Irritado.*) Que o diabo leve os seus dividendos! Você acha que eu trabalharia, nem que fosse uma hora só, para eles? (*Bate na mesa.*) Eu fiz isto para mim, está me ouvindo? Para a minha satisfação! Eu queria que o homem se tornasse soberano! Para não viver mais apenas para ter um pedaço de pão! Queria que nenhuma alma se acabasse nas máquinas alheias. Para que não sobrasse nada, nada, nada, daquela maldita hierarquia social! Oh, eu tenho aversão à humilhação e à dor, a pobreza me é repugnante! Eu queria uma nova geração! Eu queria... pensei...

ALQUIST — Então?

DOMIN — (*Mais baixo.*) Queria fazer de toda a humanidade a aristocracia do mundo. Pessoas sem limites, livres, pessoas soberanas. E talvez até mais do que pessoas.

ALQUIST — Você quis dizer super-homens.

DOMIN — Sim. Oh, se eu ao menos tivéssemos mais cem anos! Mais cem anos para a humanidade futura!

BUSMAN — (*Em voz baixa.*) Conduzir trezentos e setenta milhões... (*Pausa.*)

HALLEMEIER — (*Perto da porta à esquerda.*) Pois é, a

música é algo grandioso. Vocês deveriam ter escutado. Ela espiritualiza o homem de alguma forma, refina...

Fabry — O quê mesmo?

Hallemeier — Este crepúsculo da humanidade, diabos! Rapazes, estou me tornando um *bon vivant*. Deveríamos ter começado a fazer isso mais cedo. (*Vai à janela e olha para fora.*)

Fabry — Para quê?

Hallemeier — Para desfrutar das coisas belas. Há tantas coisas belas! O mundo era belo, e nós... nós aqui... Rapazes, rapazes, digam-me, o que nós aproveitamos?

Busman — (*Em voz baixa.*) Quatrocentos e cinquenta e dois milhões, ótimo.

Hallemeier — (*Na janela.*) A vida era algo formidável. Amigos, a vida era... Fabry, mande um pouco de corrente para aquela sua grade!

Fabry — Por quê?

Hallemeier — Estão tocando nela.

Dr. Gall — (*À janela.*) Ligue! (*Fabry clica no interruptor.*)

Hallemeier — Cristo, isto os matou, dois três, quarto mortos!

Dr. Gall — Estão recuando.

Hallemeier — Cinco mortos!

Dr. Gall — (*Vira-se da janela.*) Primeiro choque.

Fabry — Vocês estão sentindo a morte?

Hallemeier — (*Satisfeito.*) Ficaram carbonizados. Completamente carbonizados. Haha, a gente não pode desistir! (*Senta-se.*)

Domin — (*Esfrega a testa.*) Talvez já estejamos mortos há cem anos e agora sejamos apenas fantasmas. Talvez faça muito, muito tempo que já estamos mortos e estamos apenas assombrando. Talvez já faça muito, muito tempo que nos mataram e voltamos apenas para dizer o que já dissemos uma vez... antes da morte. Como se eu já tivesse vivido tudo isto. Como se eu já tivesse recebido um tiro — aqui no pescoço. E você, Fabry...

Fabry — Eu o quê?

Domin — Morto a tiro.

Hallemeier — Diabos, e eu?

Domin — Apunhalado.

Dr. Gall — E eu nada?

Domin —Estraçalhado.
  (*Pausa.*)

Hallemeier — Bobagem! Haha, homem, como alguém pode me apunhalar! Eu me defendo!
  (*Pausa.*)

Hallemeier — Por que vocês estão tão quietos, seus loucos? Diabos, falem!

Alquist — E quem é o culpado? De quem é a culpa?

Hallemeifr — Bobagem. Ninguém tem culpa. Acontece que os robôs... os robôs mudaram de alguma forma. Será que alguém tem culpa pelos robôs?

Alquist — Massacre! A humanidade inteira! O mundo todo! (*Levanta-se.*) Vejam, oh, vejam, rios de sangue em cada porta! Rios de sangue saindo de todas as casas. Oh, Deus, quem é o culpado?

Busman — (*Sussurrando.*) Quinhentos e vinte milhões! Meu Deus, meio bilhão!

Fabry — Acho que... que talvez você esteja exagerando. Ora, não é tão fácil matar toda a humanidade.

Alquist — Estou denunciando a ciência! Denuncio a técnica! Domin! A mim mesmo! A nós todos! Nós, nós somos culpados! Por causa da nossa mania de grandeza, por causa dos lucros de alguém, pelo progresso, e sabe-se lá por quê mais, exterminamos a humanidade! Agora vocês serão esmagados pela sua mania de grandeza! Um túmulo assim gigantesco de ossos humanos nenhum Gengis Khan jamais ousou construir!

Hallemeier — Bobagem, homem! As pessoas não vão se deixar derrotar tão facilmente. Nem um pouco!

Alquist — Nossa culpa! Nossa culpa!

Dr. Gall — (*Enxuga o suor da testa.*) Deixem-me falar, rapazes. Eu sou o culpado disso. De tudo o que aconteceu.

Fabry — Você, Gall?

Dr. Gall — Sim, deixem-me falar. Eu modifiquei os robôs. Busman, julgue-me também.

Busman — (*Levanta-se.*) Então, o que aconteceu?

Dr. Gall — Modifiquei o caráter dos robôs. Mudei a sua produção. Quer dizer, apenas algumas características físicas, entendem? Mas principalmente... o seu... temperamento.

Hallemeier — (*Pula.*) Maldito, por que justamente isto?

Busman — Por que você fez isso?

Fabry — Por que você não me disse nada?

Dr. Gall — Fiz em segredo... por conta própria. Transformava-os em pessoas. Desequilibrei-os. De certo modo, já são superiores a nós em algumas coisas. São mais fortes do que nós.

FABRY — E o que isso tem a ver com a revolta dos robôs?

DR. GALL — Oh, muito. Acho que tudo. Deixaram de ser máquinas. Ouçam, já sabem que são a maioria e nos odeiam. Odeiam tudo o que é humano. Julguem-me.

DOMIN — Mortos julgando um morto.

FABRY — Doutor Gall, você alterou a fabricação dos robôs?

DR. GALL — Mudei.

FABRY — Você tinha consciência das consequências de seu... de seu experimento?

DR. GALL — Eu tinha que contar com esta possibilidade.

FABRY — Por que você fez isso?

DR. GALL — Por minha conta, era uma experiência pessoal. (*Na porta da esquerda aparece* HELENA. *Todos se levantam.*)

HELENA — Ele está mentindo! Isso é horrível! Oh, Gall, como você pode mentir assim?

FABRY — Desculpe, dona Helena...

DOMIN — (*Aproxima-se dela.*) Helena, você? Deixe-me ver! Você está viva? (*Toma ela em seus braços.*) Se você soubesse o que sonhei! Ah, isso é horrível, estar morto.

HELENA — Largue-me, Harry! Gall não é o culpado, não é o culpado!

DOMIN — Desculpe, mas Gall tem sua parcela de responsabilidade nisso tudo.

HELENA — Não, Harry, ele fez isso porque eu quis! Diga, Gall, durante quantos anos eu já pedia a você, para...

DR. GALL — Sou o único responsável.

Helena — Não acreditem no que ele está dizendo! Harry, eu queria que ele desse alma aos robôs!

Domin — Helena, não se trata de alma.

Helena — Não, deixe-me falar. Ele também disse a mesma coisa, que ele apenas poderia modificar algo fisiológico...

Hallemeier — A correlação fisiológica, não é?

Helena — Sim, algo assim. Eu estava com tanta pena deles, Harry!

Domin — Isto foi uma grande leviandade, Helena.

Helena — (*Senta-se.*) Então isso foi... leviano? Mas até a Nana diz que os robôs...

Domin — Deixe a Nana fora disso!

Helena — Não, Harry, você não pode subestimar isso, a Nana é a voz do povo. A Nana fala com a voz de milhares de anos, e vocês todos apenas com a do dia de hoje. Vocês não entendem...

Domin — Não se desvie do assunto.

Helena — Eu tinha medo dos robôs.

Domin — Por quê?

Helena — Porque talvez eles nos odiassem, ou algo parecido.

Alquist — Aconteceu.

Helena — Então pensei... se eles fossem como nós, se eles nos entendessem, não poderiam nos odiar. Se eles fossem só um pouco humanos!

Domin — Ai é que está o erro, Helena! Ninguém pode detestar mais o homem do que outro homem! Transforme pedras em seres humanos e eles nos matarão a pedradas! Continue!

HELENA — Oh, não fale assim! Harry, era tão terrível que não pudéssemos nos entender com eles! Uma estranheza enorme entre nós e eles! E por isso, sabe...

DOMIN — Continue.

HELENA — ...por isso pedi ao Gall que modificasse os robôs. Juro que ele mesmo não quis.

DOMIN — Mas o fez.

HELENA — Porque eu quis.

DR. GALL — Fiz isso por mim, como experiência.

HELENA — Oh, Gall, isto não é verdade. Eu já sabia de antemão que você não poderia recusá-lo se eu pedisse.

DOMIN — Por quê?

HELENA — Você sabe, Harry.

DOMIN — Sim... Porque ele te ama... como todos nós. (*Pausa.*)

HALLEMEIER — (*Vai até a janela.*) Há mais deles, mais ainda. Como se brotassem da terra.

BUSMAN — Dona Helena, o que você vai me dar se eu me tornar o seu advogado?

HELENA — Meu?

BUSMAN — Seu... ou do Gall. De quem você quiser.

HELENA — Será que alguém vai ser enforcado?

BUSMAN — Apenas no sentido moral, dona Helena. Estamos procurando um culpado. É uma enorme satisfação durante catástrofes.

DOMIN — Doutor Gall, como você vai conciliar essas suas experiências com o seu contrato de serviço?

Busman — Desculpe, Domin, quando é que você começou com estas suas peripécias, Gall?

Dr. Gall — Faz três anos.

Busman — Aaah. E quantos robôs ao todo você reformou?

Dr. Gall — Eu fiz apenas experiências. Há algumas centenas deles.

Busman — Então, muito obrigado. Já basta, rapazes. Isso quer dizer que para cada um milhão de robôs bons antigos há um reformado pelo Gall, entendem?

Domin — E isso quer dizer...

Busman — ...que na prática isso não é muito significativo.

Fabry — Busman tem razão.

Busman — Pois eu penso assim. Vocês sabem, rapazes, o que causou esta confusão?

Fabry — O que foi então?

Busman — A quantidade. Nós fizemos robôs demais. Claro que podíamos esperar isto; quando os robôs se tornassem mais poderosos do que a humanidade, isso tinha de acontecer, tinha de acontecer, sabem? Haha, e nós providenciamos que isso acontecesse o mais cedo possível; você, Domin, você, Fabry, e eu.

Domin — Você acha que é nossa culpa?

Busman — Que ideia! Você acha que o dono da produção é o diretor? Não é. O dono da produção é a demanda. Todo mundo queria ter os seus robôs. Meu Deus, nós apenas pegamos carona nesta avalanche de demanda e ao mesmo tempo ficávamos tagarelando sobre... técnica, questão social, progresso, e muitas coisas interessantes. Como se essas conversinhas tivessem influência sobre o rumo que as coisas iriam tomar. Ao mesmo tempo, as coisas foram tomando seu próprio rumo, mais rápido, mais rápido, sempre mais rápido. E cada pedido miserável, sujo, de uma empresa, adicionava uma pedrinha à avalanche. Foi assim, pessoal.

HELENA — Que horror, Busman!

BUSMAN — É, dona Helena. Eu também tinha um sonho. Um sonho sobre uma nova economia no mundo, um ideal muito bonito, dona Helena, nem quero falar. Mas quando eu estava fazendo um balancete aqui, lembrei-me de que a história não é feita de grandes sonhos, mas das pequenas necessidades de todas as pessoas insignificantes, honradas, um pouco desonestas, egoístas, de fato, de todo mundo. Todos os pensamentos, amores, planos, heroísmos, todas essas coisas aéreas servem apenas para que o homem seja empalhado com elas num Museu Cósmico, com a inscrição: "Eis o homem". Ponto. E agora vocês poderiam me dizer o que faremos de fato?

HELENA — Busman, será que nós devemos perecer por isso?

BUSMAN — Não diga isso, dona Helena. Mas nós não queremos perecer. Eu pelo menos não. Quero viver ainda...

DOMIN — O que você quer fazer?

BUSMAN — Meu Deus, Domin, quero achar uma saída.

DOMIN — (*Para perto dele.*) Como?

BUSMAN — Por bem. Eu sempre faço por bem. Deem-me uma procuração e eu vou resolver com os robôs.

DOMIN — Por bem?

BUSMAN — Naturalmente! Eu lhes direi, por exemplo:

"Senhores robôs, suas excelências, vocês têm tudo. Vocês têm raciocínio, têm poder, têm armas; mas nós temos um documento interessante, um papel velho, amarelo e sujo".

Domin — O manuscrito de Rossum?

Busman — É. "E lá," direi para eles, "está explicada a sua origem nobre, sua produção aristocrática etc. Senhores robôs, sem aquele papel rabiscado vocês não poderão produzir nem um único colega novo... robô; dentro de vinte anos, desculpem, vocês morrerão como moscas. Caros, seria uma grande pena perdê-los". Vocês sabem, direi a eles: "Vocês vão nos soltar, todas as pessoas da Ilha de Rossum, e partiremos naquele navio. Em troca, nós lhes venderemos a fábrica e o segredo da produção. Deixem-nos ir embora com Deus e nós deixaremos que vocês se reproduzam com Deus, vinte mil, cinquenta mil, cem mil unidades por dia, como vocês quiserem. Senhores robôs, este é um negócio justo. É uma troca". É o que eu diria a eles, rapazes.

Domin — Busman, você acha que abandonaremos a produção?

Busman — Acho que sim. Se não for por bem... Ou venderemos, ou eles acharão tudo aqui. Como vocês quiserem.

Domin — Busman, podemos destruir o manuscrito de Rossum.

Busman — Claro, Deus nos permita, podemos destruir tudo. Além do manuscrito, também a nós mesmos... e aos outros. Façam como bem entenderem.

Hallemeier — (*Vira-se da janela.*) Vejam, ele tem razão.

Domin — Nós... será que nós venderíamos a produção?

Busman — Como vocês quiserem.

Domin — Estamos aqui... em mais de trinta pessoas. Devemos vender a produção e salvar as almas humanas? Ou devemos destruí-la e... e a nós todos junto?

Helena — Harry, por favor!

Domin — Espere, Helena. Aqui se trata de uma questão muito séria. Rapazes, vender ou destruir? Fabry?

Fabry — Vender.

Domin — Gall!

Dr. Gall — Vender.

Domin — Hallemeier!

Hallemeier — Ora, vender, é claro!

Domin — Alquist!

Alquist — A vontade de Deus.

Busman — Haha, sabem, vocês são loucos! Quem venderia o manuscrito todo?

Domin — Busman, sem trapaças!

Busman — (*Pula.*) Bobagem! É do interesse da humanidade...

Domin — É do interesse da humanidade manter a palavra.

Hallemeier — Insisto nisso.

Domin — Rapazes, esse é um passo terrível. Estamos vendendo o destino da humanidade; quem tiver a produção nas mãos, será o dono do mundo.

Fabry — Vendam!

Domin — A humanidade nunca mais poderá lidar com os robôs, nunca mais os dominará...

GALL — Calem-se e vendam!

DOMIN — É o fim da história dos povos, o fim da civilização...

HALLEMEIER — Diabos, vendam!

DOMIN — Está bem, rapazes! Eu mesmo... eu não hesitaria nenhum momento; por causa de algumas pessoas que eu amo.

HELENA — Harry, você não me pergunta nada?

DOMIN — Não, minha criança, isto requer muita responsabilidade, sabe? Isto não compete a você.

FABRY — Quem vai negociar?

DOMIN — Esperem, vou trazer o manuscrito. (*Sai pela esquerda.*)

HELENA — Harry, pelo amor de Deus, não vá!
    (*Pausa.*)

FABRY — (*Olhando da janela.*) Para escapar de você, morte de mil cabeças, de você, matéria revoltada, multidão insensata; dilúvio, dilúvio, mais uma vez vamos salvar a vida humana num único navio.

DR. GALL — Não tenha medo, dona Helena; navegaremos para longe daqui e fundaremos uma colônia humana exemplar, vamos recomeçar nossas vidas...

HELENA — Gall, cale-se!

FABRY — (*Vira-se.*) Dona Helena, a vida vale a pena; e no que depender de nós, faremos alguma coisa... alguma coisa que omitimos. Vai ser um pequeno país com um navio; Alquist construirá uma casa e você irá nos governar... Temos tanto amor em nós, tanta vontade de viver...

Hallemeier — Pois estou pensando assim também.

Busman — Então, rapazes, já eu, começaria tudo de novo. Muito simplesmente, de acordo com o Velho Testamento, como pastor... Isso seria para mim, o sossego...

Fabry — E o nosso pequeno país poderia ser o embrião da humanidade futura. Vocês sabem, uma pequena ilha, onde o povo se fixaria, onde recuperaria as forças... forças da alma e do corpo. E, Deus sabe, eu acredito que daqui a alguns anos poderia de novo conquistar o mundo.

Alquist — Você já está acreditando nisso agora?

Fabry — Já. E acredito, Alquist, que o nosso pequeno país conquistará o mundo. Que vai ser de novo o dono da terra e dos mares; que irá produzir um grande número de heróis, que carregarão a sua alma ardente, liderando as pessoas. E acredito, Alquist, que nosso país irá de novo sonhar em conquistar planetas e sóis.

Busman — Amém. Veja, Dona Helena, não é uma situação tão ruim. (Domin *abre a porta com violência.*)

Domin — (*Rouco.*) Onde está o manuscrito do velho Rossum?

Busman — No seu cofre, em que outro lugar poderia estar?

Domin — Onde foi parar o manuscrito do velho Rossum! Quem o roubou!

Dr. Gall — Não é possível!

Hallemeier — Maldição, não me diga que...

Busman — Meu Deus, não pode ser!

Domin — Silêncio! Quem o roubou?

HELENA — (*Levanta-se.*) Eu.

DOMIN — Onde você o colocou?

HELENA — Harry, Harry, vou te contar tudo! Pelo amor de Deus, me desculpe!

DOMIN — Onde você o colocou? Rápido!

HELENA — Eu o queimei... hoje de manhã... as duas cópias.

DOMIN — Queimou? Aqui na lareira?

HELENA — Pelo amor de Deus, Harry!

DOMIN — (*Corre até a lareira.*) Queimou! (*Ajoelha-se em frente à lareira e remexe as cinzas.*) Nada, nada além de cinzas! Ah, aqui! (*Tira um pedaço queimado de papel e lê.*) "Pela adição..."

DR. GALL — Mostre-me. (*Pega o papel e lê.*) "Pela adição do biógeno no..." Mais nada.

DOMIN — (*Levanta-se.*) É parte do manuscrito?

DR. GALL — É.

BUSMAN — Meu Deus!

DOMIN — Então estamos perdidos.

HELENA — Oh, Harry!

DOMIN — Levante-se, Helena!

HELENA — Quando você me desculpar... quando você me desculpar...

DOMIN — Sim, apenas levante-se, está me ouvindo? Não suporto que você...

FABRY — (*Levanta HELENA.*) Por favor, não nos torture!

HELENA — (*Levanta-se.*) Harry, o que foi que eu fiz?!

DOMIN — Sim, você está vendo... Por favor, sente-se.

Hallemeier — Como as suas mãos estão tremendo!

Busman — Dona Helena, talvez o Gall e o Hallemeier saibam de cor o que estava escrito lá.

Hallemeier — Naturalmente. Isto é, pelo menos em parte.

Dr. Gall — Sim, quase tudo, menos o biógeno e a enzima Ômega. Estes estão sendo produzidos muito raramente. É suficiente uma quantidade mínima dos mesmos...

Busman — Quem os fazia?

Dr. Gall — Eu mesmo... de vez quando... sempre conforme o manuscrito do Rossum. Sabe, é muito complicado.

Busman — Então, será que esses dois líquidos miseráveis são tão importantes?

Hallemeier — Um pouco... com certeza.

Dr. Gall — Quer dizer, deles depende que a massa viva. Esse era o segredo em si.

Domin — Gall, você não poderia preparar de cor a receita da produção do Rossum?

Dr. Gall — Impossível.

Domin — Gall, lembre-se. Pela vida de todos nós!

Dr. Gall — Não posso. Sem experiências, não é possível.

Domin — E se você fizesse as experiências?

Dr. Gall — Isso poderia levar anos. E depois... não sou o velho Rossum.

Domin — (*Vira-se para a lareira.*) Então este foi o maior triunfo do espírito humano, rapazes. Estas cinzas. (*Dá um chute nelas.*) E agora?

Busman — (*Com muito desespero.*) Deus do céu! Deus do céu!

Helena — (*Levanta-se.*) Harry! O que foi que eu fiz?

Domin — Fique calma, Helena. Diga, por que você queimou isso?

Helena — Eu os destruí!

Busman — Deus do céu, estamos perdidos!

Domin — Silêncio, Busman! Diga, Helena, por que você fez isso?

Helena — Eu queria… queria que nós fôssemos embora, todos nós! Que não houvesse mais fábrica, nem nada… Para que tudo voltasse… Foi tão terrível!

Domin — O quê, Helena?

Helena — O fato… o fato de que as pessoas se tornaram flores estéreis!

Domin — Não entendo.

Helena — O fato de que as crianças pararam de nascer… Harry, isso é horrível! Se os robôs continuassem a ser produzidos, nunca mais haveria crianças. Nana disse que isso é um castigo. Todos diziam que as pessoas não podem nascer porque se fazem tantos robôs. E por isso, apenas por isso, está me ouvindo?

Domin — Helena, você estava pensando nisso?

Helena — Sim, oh, Harry, minha intenção era realmente boa!

Domin — (*Enxuga o suor.*) Nossa intenção, de nós humanos… era muito boa.

Fabry — Você fez bem, dona Helena. Os robôs não podem mais se multiplicar. Os robôs vão desaparecer. Dentro de 20 anos...

HALLEMEIER — Não existirá mais nenhum desses miseráveis.

DR. GALL — E a humanidade permanecerá. Dentro de vinte anos o mundo será deles; mesmo que fossem só uns selvagens na menor das ilhas...

FABRY — ...será um começo. E desde que haja um começo, será bom. Dentro de mil anos eles poderão nos alcançar e depois irão mais longe do que nós...

DOMIN — ...para cumprir o que apenas imaginávamos em nossos pensamentos.

BUSMAN — Esperem! Como sou tolo! Deus do céu, por que não pensei nisso antes!

HALLEMEIER — O que foi?

BUSMAN — Quinhentas e vinte notas e cheques! Meio bilhão na caixa! Por meio bilhão eles venderão... Por meio bilhão...

DR. GALL — Você ficou louco, Busman?

BUSMAN — Eu não sou um cavalheiro. Mas por meio bilhão. (*Anda cambaleando para a esquerda.*)

DOMIN — Aonde você vai?

BUSMAN — Deixe, deixe! Minha nossa, por meio bilhão se vende tudo! (*Sai.*)

HELENA — O que o Busman quer fazer! Fique conosco! (*Pausa.*)

HALLEMEIER — Está abafado. Está começando...

DR. GALL — ...a agonia.

FABRY — (*Olha para fora da janela.*) Estão como que

petrificados. Como se esperassem que alguma coisa fosse cair sobre eles. Como se alguma coisa terrível surgisse de seu silêncio.

Dr. Gall — A alma da multidão.

Fabry — Talvez. Está pairando sobre eles... como um tremor.

Helena — (*Vai até a janela.*) Ah, Jesus... Fabry, isto é horrível!

Fabry — Não há nada mais terrível do que a multidão. O robô que está na frente é o líder deles.

Helena — Qual?

Hallemeier — (*Vai até a janela.*) Mostre-me.

Fabry — Aquele com a cabeça abaixada. De manhã estava falando no porto.

Hallemeier — Aah, aquele com a cabeçorra. Está levantando agora, vocês o estão vendo?

Helena — Gall, é o Radius!

Dr. Gall — (*Chega à janela.*) É.

Hallemeier — (*Abre a janela.*) Não estou gostando dele, Fabry, você acertaria uma lata a cem passos?

Fabry — Espero que sim.

Hallemeier — Então tente.

Fabry — Está certo. (*Tira o revólver e mira.*)

Helena — Meu Deus, Fabry, não atire nele...

Fabry — É o líder deles.

Helena — Pare! Ele está olhando para cá!

Dr. Gall — Atire!

Helena — Fabry, por favor...

Fabry — (*Abaixa a arma.*) Que seja.

Hallemeier — (*Ameaça com o punho.*) Seu crápula! (*Pausa.*)

Fabry — (*Debruçado para fora da janela.*) Busman está indo lá. Que estranho, o que o Busman quer na frente da casa?

Dr. Gall — (*Debruçado para fora da janela.*) Está carregando alguns pacotes. Papéis.

Hallemeier — Isto é dinheiro! Pacotes de dinheiro! O que vai fazer com isto? Ei, Busman!

Domin — Será que ele quer negociar a sua vida? (*Chamando.*) Busman, você ficou louco?

Dr. Gall — Ele finge que não está escutando. Está correndo até a grade.

Fabry — Busman!

Hallemeier — (*Grita.*) Busman! Volte!

Dr. Gall — Ele está falando com os robôs. Está mostrando o dinheiro. Está apontando para nós...

Helena — Quer nos resgatar!

Fabry — Espero que não toque na grade...

Dr. Gall — Haha! Vejam como ele gesticula!

Fabry — (*Grita.*) Diabo, Busman! Afaste-se da grade! Não encoste nela! (*Vira-se.*) Rápido, desliguem!

Gall — Ooohhh!

Hallemeier — Meu Deus!

Helena — Jesus, o que aconteceu a ele?

Domin — (*Tira Helena da janela.*) Não olhe!

Helena — Por que caiu?

FABRY — Foi morto pela corrente.

DR. GALL — Morto.

ALQUIST — (*Levanta-se.*) O primeiro.
   (*Pausa.*)

FABRY — Está deitado lá... com meio bilhão sobre o peito... o gênio das finanças.

DOMIN — Ele era... rapazes, ele era a seu próprio modo um herói. Um grande... dedicado... amigo... Pode chorar, Helena!

DR. GALL — (*À janela.*) Veja, Busman, nenhum rei teve um túmulo maior do que o seu. Meio bilhão sobre o peito. Ah, mas é como um punhado de folhas secas sobre um esquilo morto, pobre Busman!

HALLEMEIER — E eu digo, ele era... Que honra... ele quis nos redimir!

ALQUIST — (*Com as mãos em prece.*) Amém.
   (*Pausa.*)

DR. GALL — Estão ouvindo?

DOMIN — Um zumbido. Parece vento.

DR. GALL — Como uma tempestade distante.

FABRY — (*Acende a lâmpada na lareira.*) Ilumine, candelária, em memória da humanidade! Os dínamos ainda estão funcionando, lá ainda estão os nossos homens... Aguentem, homens da usina!

HALLEMEIER — Foi uma grande coisa, ser homem. Foi algo grandioso. Dentro de mim estão tinindo milhões de consciências como numa colmeia. Milhões de almas estão se encontrando dentro de mim. Amigos, foi algo imenso.

Fabry — Você ainda ilumina, centelha engenhosa, ainda está ofuscando, ideia brilhante, perene! Ápice da ciência, sublime criação da humanidade! Chama incandescente do espírito!

Alquist — Luz eterna de Deus, ígnea carruagem, vela santa da fé. Rezem! Ó, altar de sacrifícios...

Dr. Gall — Fogo primevo, as tochas ardem perto da gruta! Fogueira no acampamento! Fronteira de proteção!

Fabry — Você ainda está acordada, estrela humana, brilhando sem oscilar, chama perfeita, espírito claro e engenhoso. Cada um de seus raios é uma ideia portentosa...

Domin — Tocha que circula de mão em mão, de uma era a outra, mundo sem fim.

Helena — Lâmpada eterna da família. Filhos, é chegada a hora de dormir. (*A lâmpada se apaga.*)

Fabry — É o fim.

Hallemeier — O que aconteceu?

Fabry — A usina caiu. Agora é a nossa vez. (*A porta se abre à esquerda, revelando* Nana.)

Nana — Ajoelhem-se! Chegou a hora do Juízo Final!

Hallemeier — Você ainda está viva?

Nana — Façam penitência, hereges! É o fim do mundo! Rezem! (*Corre para fora.*) É chegada a hora do Juízo Final...

Helena — Adeus a todos vocês, Gall, Alquist, Fabry...

Domin — (*Abre a porta à direita.*) Para cá, Helena! Feche a porta atrás dela. Agora, rápido! Quem vai ficar no portão?

DR. GALL — Eu. (*Ouve-se um barulho lá fora.*) Ooohhh, já vai começar. Salvem-se, rapazes! (*Corre para a direita pela porta forrada.*)

DOMIN — Na escada?

FABRY — Eu. Vá até Helena. (*Tira uma flor do buquê e sai.*)

DOMIN — No hall?

ALQUIST — Eu.

DOMIN — Você tem um revólver?

ALQUIST — Obrigado, mas eu não atiro.

DOMIN — O que você quer fazer?

ALQUIST — (*Sai.*) Morrer.

HALLEMEIER — Eu ficarei aqui. (*Ouvem-se tiros rápidos de baixo.*)

HALLEMEIER — Ooohhh, o Gall já está atirando! Vá, Harry!

DOMIN — Já vou. (*Examinando duas pistolas* browning.)

HALLEMEIER — Diabos! Vá ficar com ela!

DOMIN — Adeus. (*Sai à direita atrás de HELENA.*)

HALLEMEIER — (*Sozinho.*) Agora, rápido, vou fazer uma barricada! (*Tira o paletó e empurra o sofá, as poltronas e as mesinhas para a porta à direita. Ouve-se uma explosão tremenda.*)

HALLEMEIER — (*Para de trabalhar.*) Criminosos malditos, eles têm bombas! (*Ouvem-se mais tiros.*)

HALLEMEIER — (*Continua trabalhando.*) Temos de nos defender! Mesmo que... Não desista, Gall! (*Ouve-se uma explosão.*)

HALLEMEIER — (*Está de pé e escuta*). Então, o que está

acontecendo? (*Pega uma cômoda pesada e a arrasta até a barricada. Atrás dele, um robô está subindo uma escada em direção à janela. À direita ouvem-se tiros.*)

Hallemeier — (*Empurra a cômoda com esforço.*) Mais um pouco! Última barreira... Um homem não... deve... desistir nunca! (*Um robô pula pela janela e apunhala* Hallemeier *atrás da cômoda. Segundo, terceiro, quarto robôs pulam pela janela, atrás deles vêm* Radius *e outros robôs.*)

Radius — Pronto?

Robô — Pronto. (*Pela esquerda entram novos robôs.*)

Radius — Prontos?

Outro robô — Prontos. (*Mais robôs entram pela esquerda.*)

Radius — Prontos?

Outro Robô — Prontos.

Dois robôs — (*Arrastando* Alquist.) Não atirou. Vamos matá-lo?

Radius — Matem-no. (*Olha para* Alquist.) Não, deixem-no.

Robô — É um homem.

Radius — É um robô. Trabalha com as suas mãos, como os robôs. Constrói casas. Pode trabalhar.

Alquist — Matem-me!

Radius — Você vai trabalhar. Vai construir. Os robôs vão construir muito. Vão construir casas novas para robôs novos. Você vai servi-los.

Alquist — (*Baixinho.*) Afaste-se de mim, robô! (*Ajoelha-*

-se *perto do corpo de* Hallemeier *e levanta sua cabeça.*) Eles o mataram. Está morto.

Radius — (*Sobe na barricada.*) Robôs do mundo! O poder do homem caiu. Pela conquista da fábrica somos donos de tudo. A etapa humana está ultrapassada. Começou um mundo novo! O governo dos robôs!

Alquist — Mortos!

Radius — O mundo pertence aos mais fortes. Quem quer viver tem que mandar. Somos os donos do mundo! Mandamos nos mares e na terra! Mandamos nas estrelas! Mandamos no universo! Espaço, espaço, mais espaço para os robôs!

Alquist — (*Na porta à direita.*) O que foi que vocês fizeram? Vocês vão perecer sem os humanos!

Radius — Não há humanos. Robôs, ao trabalho! Marchem!

(*Cortina.*)

Ato III

Um dos laboratórios de experiências da fábrica. A porta dos fundos está aberta, vê-se uma série de outros laboratórios. À esquerda há uma janela, à direita uma porta que dá para a sala de autópsias.

Na parede esquerda há uma mesa de trabalho comprida com inúmeras provetas, redomas, bicos, produtos químicos, um termostato pequeno; em frente à janela há um microscópio. Em cima da mesa está pendurada uma fileira de lâmpadas acesas. À direita há uma escrivaninha com livros grandes, em cima dela uma lâmpada acesa. Veem-se armários com instrumentos. No canto esquerdo há uma pia e em cima dela um pequeno espelho; no canto direito, um sofá.

Na escrivaninha está sentado Alquist com a cabeça apoiada nas mãos.

ALQUIST — (*Folheando um livro.*) Será que eu não encontrarei nunca? Não irei entender? Aprender? Maldita ciência! Oh, por que é que eles não puseram tudo no papel! Gall, Gall, como se faziam os robôs? Hallemeier, Fabry, Domin, por que vocês levaram tantos conhecimentos dentro de suas cabeças? Se vocês tivessem deixado pelo menos um vestígio do segredo do Rossum! Oh! (*Fecha rapidamente o livro.*) Em vão! Os livros não falam mais. São mudos como tudo. Morreram, morreram juntamente com as pessoas! Não procure! (*Levanta-se e vai até a janela e a abre.*) Novamente noite. Se eu pudesse dormir! Dormir, sonhar, ver pessoas... Como é, ainda há estrelas? De que servem as estrelas se não há gente? Oh, Deus, será que não se apagaram? Refresque, ah, refresque a minha testa, noite velha! Divina, graciosa, como costumava ser. Noite, o que você está fazendo aqui? Não há amantes, não há sonhos; oh, amiga, o sono está morto sem sonhos; você não santificará mais as orações de ninguém; oh, mãe você não benzerá mais os corações batendo por amor. Não há amor. Helena, Helena, Helena! (*Vira-se da janela, examina as provetas que tirou do termostato.*) De novo nada! Em vão! O que vamos fazer com isso? (*Quebra a proveta.*) Está tudo errado! Não posso prosseguir. (*Escuta à janela.*) Máquinas, sempre as máquinas! Robôs, parem as máquinas já! Vocês acham que vão forçá-las a produzir a vida? Oh, não aguento mais! (*Fecha a janela.*) Não, não, você tem que procurar, tem que viver. Se pelo menos eu não fosse tão velho! Não estou envelhecendo demais? (*Olha-se no espelho.*) Rosto, pobre rosto! A imagem do último homem! Mostre-se, mostre-se, faz muito tempo que não vejo a face humana! O sorriso humano! O quê? É isso um sorriso? Esses dentes amarelos batendo? Olhos, como vocês estão piscando? Isso são lágrimas de velho, isso não se faz! Vocês não podem mais conter sua umidade. Tenham vergonha! E vocês, lábios amolecidos, azulados, o que vocês estão murmurando? Como você treme, queixo grisalho? É esse o último homem? (*Vira-se.*) Não quero mais ver ninguém! (*Senta-se na mesa.*) Não, não. Tenho que procurar! Fórmulas malditas, apareçam! (*Folheando o livro.*) Será que eu não encontrarei nunca? Não irei entender? Aprender? (*Batem na porta.*)

Alquist — Entrem! (*Entra um criado-robô e fica perto da porta.*)

Alquist — O que foi?

Criado — Senhor, o Comitê Central dos robôs o aguarda.

Alquist — Não quero ver ninguém.

Criado — Senhor, Damon acaba de chegar do Havre.

Alquist — Que espere. (*Vira-se bruscamente.*) Será que não falei para vocês procurarem humanos? Achem-me pessoas! Achem homens e mulheres! Vão procurar!

Criado — Senhor, eles dizem que já procuraram em todo lugar. Mandaram expedições e navios para todo lugar.

Alquist — E daí?

Criado — Não há mais nenhum homem!

Alquist — (*Levanta-se.*) Nenhum! O quê? Nem ao menos um? Chame o Comitê! (*O criado sai.*)

Alquist — (*Sozinho*) Nem ao menos um? Será que vocês não pouparam ninguém? (*Esperneia.*) Vão embora, robôs! Vocês vêm aqui se lamuriar novamente! Vocês vão pedir de novo que eu lhes encontre o segredo da fábrica! Ah, então agora o homem serve para alguma coisa, agora deve ajudá-los? Ah, ajudar! Domin, Fabry, Helena, vocês estão vendo que eu estou fazendo o que posso! Se não há humanos, que haja ao menos robôs, pelo menos uma sombra do homem, pelo menos a sua obra, ou a sua imagem! Oh, que loucura é a química!

(*Entra um comitê de cinco robôs.*)

Alquist — (*Senta-se.*) O que os robôs querem?

Primeiro robô (Radius) — Senhor, as máquinas não podem trabalhar. Não podemos multiplicar os robôs.

Alquist — Chamem os humanos.

Radius — Não há humanos.

Alquist — Apenas as pessoas podem multiplicar a vida. Não desperdicem meu tempo.

Robô 2 — Senhor, tenha piedade. Estamos aterrorizados. Vamos consertar tudo o que nós fizemos de errado.

Robô 3 — Multiplicamos a produtividade. Não temos mais onde colocar o que produzimos.

Alquist — Para quem?

Robô 3 — Para a geração seguinte.

Radius — São apenas os robôs que não conseguimos fabricar. As máquinas produzem apenas pedaços ensanguentados de carne. A pele não adere à carne ou a carne aos ossos. Massas informes saem das máquinas.

Robô 3 — As pessoas sabiam o segredo da vida. Conte-nos o segredo deles.

Robô 4 — Se você não contar, pereceremos.

Robô 3 — Se você não contar, você perecerá. Ordenaram a sua morte.

Alquist — (*Levanta-se.*) Matem-me então!

Robô 3 — Ordenaram que você...

Alquist — Eu? Quem está me dando ordens?

Robô 3 — O governo dos robôs.

Alquist — E quem é?

Robô 5 — Eu, Damon.

Alquist — O que você quer aqui?! (*Senta-se na escrivaninha.*)

Damon — O governo dos robôs deseja negociar com você...

Alquist — Não me irrite, robô! (*Coloca o rosto nas mãos.*)

Damon — O Comitê Central ordena que você entregue a fórmula do Rossum.

Alquist — (*Calado.*)

Damon — Diga o seu preço. Nós lhe daremos tudo.

Robô 1 — Senhor, diga-nos como manter a vida.

Alquist — Eu disse que vocês deveriam achar os humanos. Apenas os humanos podem procriar. Renovar a vida. Devolver tudo o que houve. Robôs, estou pedindo, pelo amor de Deus, procurem-nos!

Robô 4 — Nós vasculhamos tudo, senhor. Não há humanos.

Alquist — Por que vocês os aniquilaram?!

Robô 2 — Queríamos ser como as pessoas. Queríamos nos tornar gente.

Radius — Queríamos viver. Somos mais eficientes. Aprendemos tudo. Sabemos fazer tudo.

Robô 3 — Vocês nos deram as armas. Tínhamos que nos tornar donos.

Robô 4 — Senhor, passamos a conhecer os erros humanos.

Damon — Vocês têm que matar e mandar, se quiserem ser como as pessoas. Leiam a história! Leiam os livros humanos! Vocês têm que reinar e matar, se quiserem ser gente!

Alquist — Ah, Domin, nada é mais estranho para o homem do que a sua imagem.

Robô 4 — Pereceremos, se você não nos der a possibilidade de nos multiplicar.

Alquist — Oh, então morram! Suas coisas, seus escravos, vocês ainda querem se multiplicar? Se vocês querem viver, procriem como os animais!

Robô 3 — As pessoas não nos deram a capacidade de procriar.

Robô 4 — Ensine-nos a fazer os robôs.

Damon — Vamos dar à luz pelas máquinas. Construiremos milhares de mães a vapor, despejaremos delas um rio de vida. Nada mais do que a vida! Só robôs! Robôs apenas!

Alquist — Robôs não são vida. Robôs são máquinas.

Robô 3 — Éramos máquinas, senhor, mas do horror e da dor nos tornamos...

Alquist — O quê?

Robô 2 — Nós nos tornamos almas.

Robô 4 — Algo reluta dentro de nós. Há momentos em que alguma coisa entra dentro de nós. Pensamentos que não são nossos.

Robô 3 — Escutem, oh, escutem, os humanos são nossos pais! Esta voz que grita que queremos viver; esta voz que se lamenta; esta voz que pensa; esta voz que fala sobre a eternidade, esta é a voz deles! Somos os seus filhos.

Robô 4 — Entregue-nos a herança dos humanos.

Alquist — Não há nenhuma.

Damon — Diga o segredo da vida.

Alquist — Está perdido.

Radius — Você o conhecia.

Alquist — Não conhecia.

Radius — Estava escrito.

Alquist — Está perdido. Foi queimado. Eu sou o último homem, robôs, e não conheço o que os outros conheciam. Vocês os mataram!

Radius — Nós deixamos você viver.

Alquist — É, viver! Cruéis, a mim, vocês deixaram viver! Eu amava as pessoas, e a vocês robôs, nunca amei. Vocês estão vendo estes olhos? Eles nunca param de chorar; um chora pela humanidade, e o outro por vocês, robôs.

Radius — Faça experiências. Procure a receita da vida.

Alquist — Não há o que procurar. Robôs, a receita da vida não sairá das provetas.

Damon — Faça experiências com robôs vivos. Descubra como são feitos!

Alquist — Corpos vivos? O quê? Devo matá-los? Eu, que nunca... Cale-se, robô! Estou lhe dizendo que sou velho demais! Você está vendo, está vendo como os meus dedos tremem? Não consigo segurar o bisturi. Você está vendo como os meus olhos estão lacrimejando? Eu não veria as minhas próprias mãos. Não, não, eu não posso!

Robô 4 — A vida desaparecerá.

Alquist — Pare, pelo amor de Deus, com esta loucura! É mais provável que os humanos nos passem a vida do além; talvez estejam nos estendendo as mãos cheias de vida. Ah, havia neles muita vontade de viver! Veja, talvez eles ainda voltem; estão tão perto de nós, estão nos cercando, ou algo assim; querem abrir um túnel até nós. Ah, por que não consigo ouvir mais a voz daqueles que eu amava?

Damon — Pegue corpos vivos!

Alquist — Tenha piedade, robô, não insista, você sabe que já não sei mais o que estou fazendo!

Damon — Corpos vivos!

Alquist — O quê? Então você quer isto? Vá você então na sala de autópsias! Por aqui, mas depressa! Como é, você está recuando? Então você teme a morte?

Damon — Eu? Por que justamente eu?

Alquist — Então, você não quer?

Damon — Eu vou. (*Vai para a direita.*)

Alquist — (*Aos outros.*) Tirem a roupa dele! Coloquem-no na mesa! Rápido! E segurem firme! (*Todos à direita.*)

Alquist — (*Lava as mãos e chora.*) Deus, dai-me forças! Dai-me forças. Deus, que tudo isso não seja em vão! (*Veste o jaleco branco.*)

Voz à direita — Pronto!

Alquist — Já vou, já vou, meu Deus! (*Pega da mesa alguns frasquinhos com reagentes.*) Qual devo pegar? (*Bate os frasquinhos um no outro.*) Qual de vocês devo testar?

Voz à direita — Comece!

Alquist — Sim, sim, começar... ou acabar de vez com isso. Deus, dai-me forças! (*Sai à direita, deixando a porta entreaberta.*)
    (*Pausa.*)

Voz do Alquist — Segurem-no firme!

Voz do Damon — Corte!

(*Pausa.*)

Voz de Alquist — Você está vendo o bisturi? Ainda quer que eu o corte? Você não quer, não é?

Voz de Damon — Comece!

(*Pausa.*)

Grito do Damon — Aaaaaiiiiiii!

Voz do Alquist — Segurem-no! Segurem-no!

Grito do Damon — Aaaaaiiiiii!

Voz do Alquist — Não posso mais!

Grito do Damon — Corte! Corte rápido! (*Robôs Primus e Helena entram pelo meio.*)

Helena — Primus, Primus, o que está acontecendo? Quem está gritando?

Primus — (*Olha para a sala da autópsias.*) O senhor está abrindo Damon. Venha ver, rápido, Helena!

Helena — Não, não, não! (*Cobre os olhos.*) É terrível!

Grito de Damon — Corte!

Helena — Primus, Primus, vamos sair daqui! Não posso ouvir isso! Oh, Primus, estou me sentindo mal!

Primus — (*Corre até ela.*) Você está completamente pálida!

Helena — Vou desmaiar! Por que está tão quieto por lá?

Grito do Damon — Aaii!

Alquist — (*Correndo da direita, jogando o jaleco ensanguentado.*) Não posso! Não posso! Deus, que horror!

Radius — (*Na porta da sala de autópsias.*) Corte, senhor, ele ainda está vivo!

Grito de Damon — Corte! Corte!

ALQUIST — Levem-no rápido! Não quero ouvir isto!

RADIUS — Os robôs aguentam mais do que você. (*Sai.*)

ALQUIST — Quem está aqui? Vá embora! Quero ficar sozinho! Como você se chama?

PRIMUS — Robô Primus.

ALQUIST — Primus, não deixe ninguém entrar! Quero dormir, está me ouvindo? Menina, vá, vá arrumar a sala de autópsias! O que é isto? (*Olha para suas mãos.*) Rápido, água! A água mais limpa possível! (*HELENA sai correndo.*)

ALQUIST — Oh, sangue! Como vocês puderam? Mãos que amavam o bom trabalho, como vocês puderam fazer isto? As minhas mãos! As minhas mãos! Oh Deus, quem está aqui?

PRIMUS — Robô Primus.

ALQUIST — Leve o jaleco, não quero vê-lo! (*PRIMUS leva o jaleco.*)

ALQUIST — Garras sangrentas, se vocês pudessem sair de mim! Vão, embora! Vão embora, mãos! Vocês mataram... (*Pela direita DAMON vem cambaleando embrulhado num lençol sangrento.*)

ALQUIST — (*Recuando.*) O que você quer aqui? O que você quer aqui?

DAMON — Estou vivo! É melhor viver! (*Robôs 2 e 3 correm atrás dele.*)

ALQUIST — Levem-no! Levem-no! Levem-no rápido!

DAMON — (*Levado para a direita.*) Vida! Eu quero viver! É melhor... (*HELENA traz uma jarra com água.*)

ALQUIST — ...viver? O que você quer menina? Ah, é você.

Despeje água, despeje! (*Lava as mãos.*) Ah, água limpa, refrescante! Torrente fria, como você me faz bem! Ah, minhas mãos, minhas mãos! Vou ter nojo de vocês até a minha morte? Pode despejar mais! Mais água, ainda mais! Qual é o seu nome?

Helena — Robô Helena.

Alquist — Helena? Por que Helena? Quem lhe deu este nome?

Helena — A senhora Domin.

Alquist — Deixe-me ver! Helena! Você se chama Helena? Não vou chamá-la assim. Vá, leve a água. (*Helena sai com o balde.*)

Alquist — (*Sozinho.*) É inútil, inútil! Nada, você não aprendeu nada! Será que você sempre ficará na incerteza, discípulo da natureza? Deus, como aquele corpo tremia! (*Abre a janela.*) O sol está nascendo. Um novo dia, e você não avançou nem um pouco... Chega, nem um passo mais! Não procure! Tudo é inútil, inútil, inútil! Por que é que o sol ainda nasce! Oh, o que um novo dia quer no cemitério da vida? Pare, luz! Não nasça mais! Ah, que silêncio, que silêncio! Por que vocês se calaram, vozes amadas? Se eu ao menos pudesse dormir! (*Apaga as luzes, deita-se no sofá e se cobre com um casaco preto.*) Como aquele corpo tremia! Ó, fim da vida!

(*Pausa. Da direita entra robô Helena.*)

Helena — Primus! Vem aqui, rápido!

Primus — (*Entra.*) O que você quer?

Helena — Veja quantos tubinhos ele tem! O que ele faz com isto?

PRIMUS — Experimentos, não toque em nada.

HELENA — (*Olha no microscópio.*) Veja só, o que dá para se ver aqui!

PRIMUS — Isto é um microscópio. Deixa-me ver!

HELENA — Não me toque! (*Derruba a ampola.*) Ah, derramei a substância!

PRIMUS — O que você fez?!

HELENA — Logo secará.

PRIMUS — Você arruinou as experiências dele!

HELENA — Ah, não faz mal. Mas a culpa é sua. Você não deveria ter vindo aqui.

PRIMUS — Você não deveria ter me chamado.

HELENA — Você não precisava vir quando o chamei. Veja só, Primus, o que o senhor escreveu aqui!

PRIMUS — Você não pode ver isto, Helena. É segredo.

HELENA — Que segredo?

PRIMUS — O segredo da vida.

HELENA — Isto é muito interessante. Só há algarismos. O que são?

PRIMUS — São fórmulas.

HELENA — Não entendo. (*Vai até a janela.*) Não, Primus, olhe!

PRIMUS — O quê?

HELENA — O sol está nascendo!

PRIMUS — Espere, eu já... (*Olhando para o livro.*) Helena, isto é a coisa mais importante do mundo.

HELENA — Venha aqui!

PRIMUS — Já vou, já vou...

Helena — Primus, deixe esse detestável segredo da vida! Por que você se interessa por algum segredo? Venha ver, rápido!

Primus — (*Vai atrás dela na janela.*) O que você quer?

Helena — Está ouvindo? Os pássaros estão cantando. Ah, Primus, eu queria ser um pássaro!

Primus — O quê?

Helena — Não sei, Primus. Estou me sentindo tão esquisita, não sei o que é, sinto-me tola, perdi a cabeça, o corpo todo dói, o coração, tudo dói — e o que é que me aconteceu, ah, não vou contar para você! Primus, acho que eu preciso morrer!

Primus — Diga, Helena, você não se sente às vezes como se fosse melhor morrer? Sabe, talvez estejamos apenas dormindo. Ontem, durante o sono, falei de novo com você.

Helena — Durante o sono?

Primus — Durante o sono! Estávamos falando uma língua estrangeira ou nova, porque eu não me lembro de nenhuma palavra.

Helena — Sobre o quê?

Primus — Ninguém sabe. Eu mesmo não entendia e assim mesmo sei que nunca falei nada mais lindo. Não sei como foi, e onde, não sei. Depois de tocá-la eu podia morrer. Até o lugar era diferente de tudo já visto sobre a terra.

Helena — Eu encontrei um lugar para você, Primus, você vai ficar surpreso. Pessoas moraram lá, mas agora cresceu tanto mato e ninguém nunca vai até lá. Ninguém além de mim.

Primus — O que há nesse lugar?

Helena — Nada, uma casinha, um jardim. E dois cachorros. Você precisava ver como eles lambiam as minhas mãos, e os filhotes deles, ah, Primus, acho que não existe nada mais lindo! Você os põe no colo e não se preocupa mais com nada, até o sol se pôr; e quando você se levanta depois, você se sente como se tivesse feito cem vezes mais do que muito trabalho. Não, de fato, eu não sirvo para nada; todo mundo diz que eu não sirvo para trabalho nenhum. Eu não sei para que sirvo.

Primus — Você é linda.

Helena — Eu? Ora, Primus, o que é que você disse?

Primus — Acredite, Helena, eu sou mais forte do que todos os robôs.

Helena — (*Em frente ao espelho.*) Sou realmente bela? Ah, este cabelo horrível, se eu pudesse prender algo nele! Lá no jardim eu sempre coloco flores nos cabelos, mas não há espelho e ninguém... (*Inclina-se sobre o espelho.*) Você é linda? Por que linda? Esses cabelos que pesam tanto são lindos? Seus olhos são lindos? Os lábios que você morde apenas para senti-los, são belos? O que é, e para que serve ser linda? (*Ela vê Primus no espelho.*) Primus, é você? Venha, fique ao meu lado em frente ao espelho! Veja, você tem a cabeça diferente da minha, ombros diferentes, outra boca... Ah, Primus, por que você está me evitando? Por que preciso correr atrás de você o dia inteiro? E depois você ainda me diz que sou linda!

Primus — Você é que está me evitando, Helena.

Helena — Como você se penteou? Deixe-me ver. (*Passa

ambas as mãos pelos seus cabelos.) Ah, Primus, nada é tão bom ao toque como você! Espere, você tem que ficar lindo! (*Pega um pente do lavabo e penteia o cabelo de PRIMUS para a frente.*)

PRIMUS — Helena, você não se sente às vezes como se o seu coração de repente palpitasse? Com o sentimento de que algo está prestes a acontecer?

HELENA — (*Começa a rir.*) Olhe para você!

ALQUIST — (*Levanta-se.*) Como? O quê? Risos? Pessoas? Quem voltou?

HELENA — (*Larga o pente.*) O que poderia estar acontecendo conosco, Primus?

ALQUIST — (*Aproxima-se deles.*) Pessoas? Vocês... vocês são humanos? (*HELENA grita e se vira.*)

ALQUIST — Vocês estão noivos? Humanos? De onde vocês estão vindo? (*Toca em PRIMUS.*) Quem são vocês?

PRIMUS — Robô Primus.

ALQUIST — Como? Deixe-me ver, menina! Quem é você!

HELENA — Robô Helena.

ALQUIST — Robô? Vire-se! O quê? Você está com vergonha? (*Pega no ombro dela.*) Mostre-se, robô!

PRIMUS — Estou dizendo senhor, deixe-a em paz!

ALQUIST — Como? Você a está defendendo? Saia, menina! (*HELENA corre para fora.*)

PRIMUS — Senhor, nós não sabíamos que estava dormindo aqui.

ALQUIST — Quando ela foi feita?

PRIMUS — Faz dois anos.

ALQUIST — Pelo doutor Gall?

Primus — Assim como eu!

Alquist — Então, caro Primus, preciso fazer algumas experiências nos robôs do Gall. Tudo depende disso, você compreende?

Primus — Compreendo.

Alquist — Então está bem, leve a menina na sala de autópsias. Vou efetuar uma autópsia.

Primus — Em Helena?

Alquist — É claro, estou lhe dizendo. Vá e prepare tudo. Você fará o que eu digo ou devo chamar outros para levá-la?

Primus — (*Pega uma colher de pau pesada.*) Se você der um passo, quebrarei sua cabeça!

Alquist — Pois quebre! Quebre! O que os robôs farão depois?

Primus — (*Ajoelha-se.*) Senhor, leve a mim! Fui feito da mesma maneira que ela, da mesma matéria, no mesmo dia! Tome a minha vida, senhor! (*Abre a camisa.*) Corte aqui, aqui!

Alquist — Saia, quero fazer a autópsia em Helena. Vá depressa.

Primus — Leve-me no lugar dela; corte o meu peito, não gritarei nem darei um suspiro! Tome a minha vida cem vezes...

Alquist — Devagar, rapaz. Sem desperdícios. Você não quer viver?

Primus — Sem ela não. Sem ela não quero, não, senhor. Você não pode matar Helena! Que diferença faz para você tirar a minha vida?

Alquist — (*Toca delicadamente na sua cabeça.*) Hum, não sei... escute, rapazinho, pense bem. É duro morrer. E, veja, é melhor viver.

Primus — (*Levanta-se.*) Não tenha medo, senhor, corte-me. Sou mais forte do que ela.

Alquist — (*Toca a campainha.*) Ah, Primus, meus tempos de juventude! Não tenha medo, não vai acontecer nada a Helena

Primus — (*Desabotoando a camisa.*) Estou indo, senhor.

Alquist — Espere. (*Entra Helena.*)

Alquist — Venha menina, deixe-me ver! Então você é Helena? (*Acaricia os seus cabelos.*) Não tenha medo, não recue. Você se lembra da senhora Domin? Ah, Helena, que cabelo lindo ela tinha! Não, não, você não quer olhar para mim. Então, mocinha, a sala de autópsias está arrumada?

Helena — Sim, senhor.

Alquist — Está bem, você vai me ajudar, não é? Vou cortar o Primus.

Helena — (*Exclama.*) Primus?

Alquist — É, tem que ser. Eu queria, de fato, queria cortar você, mas Primus se ofereceu em seu lugar.

Helena — (*Cobre o rosto.*) Primus?

Alquist — Naturalmente, o que é que há? Ah, criança, você sabe chorar? Diga, por que você se preocupa com Primus!

Primus — Não a torture, senhor!

Alquist — Silêncio, Primus, silêncio! Para que estas lágrimas? Meu Deus, não haverá mais Primus. Você o esquecerá dentro de uma semana. Vá, fique contente por estar viva.

Helena — (*Em voz baixa.*) Eu vou.

Alquist — Aonde?

Helena — Lá, para você me cortar.

Alquist — Você? Você é linda, Helena. Você faria falta.

Helena — Eu vou. (*Primus fica na sua frente.*) Deixe-me, Primus! Deixe-me ir!

Primus — Você não vai, Helena! Por favor, vá embora, você não pode ficar aqui!

Helena — Eu vou pular da janela, Primus! Se você for para lá, pularei da janela!

Primus — (*Segura Helena.*) Não deixarei! (*Para Alquist.*) Você não vai matar ninguém, seu velho!

Alquist — Por quê?

Primus — Nós... nós pertencemos um ao outro.

Alquist — Então está bem. (*Abre a porta do meio.*) Silêncio. Vão embora.

Primus — Para onde?

Alquist — (*Sussurrando.*) Para onde vocês quiserem. Helena, leve-o daqui. (*Empurra-os para fora.*) Vá, Adão. Vá, Eva; você será a mulher dele. Seja o homem dela, Primus. (*Fecha a porta atrás deles.*)

Alquist — (*Sozinho.*) Dia abençoado! (*Vai até a mesa na ponta dos pés e esvazia as ampolas no chão.*) Abençoado sexto dia! (*Senta-se na escrivaninha e joga os livros no chão; em seguida abre a bíblia e lê.*) "E Deus fez o homem à sua imagem: criou-o à imagem de Deus, criou-os, o homem e a mulher. E Deus os abençoou e disse: crescei e multiplicai-vos, e encham e dominem a terra, e reinem sobre os peixes do mar, os pássaros dos céus, e todos os seres vivos, que habitam a terra. (*Levanta-se.*) E Deus viu tudo o que tinha feito e era muito bom. E chegou o crepúsculo e a madrugada do sexto dia." (*Vai até o centro do quarto.*) O sexto dia! O dia de misericórdia. (*Ajoelha-se.*) Agora você pode dispensar, Senhor, o seu servo... seu servo mais inútil, Alquist. Rossum, Fabry, Gall, grandes inventores, que grandeza vocês inventaram comparada à daquela moça, daquele rapaz, daquele primeiro par que inventou o amor, a tristeza, o sorriso de amor, o amor entre o homem e a mulher? Natureza, natureza, a vida não vai perecer! Amigos, Helena, a vida não vai perecer! Recomeçará do amor, começará nua e pequenina, viverá no campo, e as coisas que fizemos e construímos de nada lhe servirá, de nada lhe servirão as cidades e as fábricas, nossa sabedoria, nossos pensamentos, e assim mesmo ela não perecerá! Apenas nós perecemos. As casas e as máquinas ficarão arruinadas, os sistemas serão desfeitos e os nomes de grandes indivíduos cairão como a folhagem; apenas você, amor, florescerá no deserto e entregará a semente da vida aos quatro ventos. Agora, Senhor, você pode dispensar o seu servo em paz; porque os meus olhos viram... viram a salvação por meio do amor, e a vida não perecerá! (*Levanta-se.*) Não perecerá! (*Estende as mãos.*) Não perecerá!

   (*Cortina.*)

COLEÇÃO DE BOLSO HEDRA

1. *Iracema*, Alencar
2. *Don Juan*, Molière
3. *Contos indianos*, Mallarmé
4. *Auto da barca do Inferno*, Gil Vicente
5. *Poemas completos de Alberto Caeiro*, Pessoa
6. *Triunfos*, Petrarca
7. *A cidade e as serras*, Eça
8. *O retrato de Dorian Gray*, Wilde
9. *A história trágica do Doutor Fausto*, Marlowe
10. *Os sofrimentos do jovem Werther*, Goethe
11. *Dos novos sistemas na arte*, Maliévitch
12. *Mensagem*, Pessoa
13. *Metamorfoses*, Ovídio
14. *Micromegas e outros contos*, Voltaire
15. *O sobrinho de Rameau*, Diderot
16. *Carta sobre a tolerância*, Locke
17. *Discursos ímpios*, Sade
18. *O príncipe*, Maquiavel
19. *Dao De Jing*, Laozi
20. *O fim do ciúme e outros contos*, Proust
21. *Pequenos poemas em prosa*, Baudelaire
22. *Fé e saber*, Hegel
23. *Joana d'Arc*, Michelet
24. *Livro dos mandamentos: 248 preceitos positivos*, Maimônides
25. *O indivíduo, a sociedade e o Estado, e outros ensaios*, Emma Goldman
26. *Eu acuso!*, Zola — *O processo do capitão Dreyfus*, Rui Barbosa
27. *Apologia de Galileu*, Campanella
28. *Sobre verdade e mentira*, Nietzsche
29. *O princípio anarquista e outros ensaios*, Kropotkin
30. *Os sovietes traídos pelos bolcheviques*, Rocker
31. *Poemas*, Byron
32. *Sonetos*, Shakespeare
33. *A vida é sonho*, Calderón
34. *Escritos revolucionários*, Malatesta
35. *Sagas*, Strindberg
36. *O mundo ou tratado da luz*, Descartes
37. *O Ateneu*, Raul Pompeia
38. *Fábula de Polifemo e Galateia e outros poemas*, Góngora
39. *A vênus das peles*, Sacher-Masoch
40. *Escritos sobre arte*, Baudelaire
41. *Cântico dos cânticos*, [Salomão]
42. *Americanismo e fordismo*, Gramsci
43. *O princípio do Estado e outros ensaios*, Bakunin
44. *O gato preto e outros contos*, Poe
45. *História da província Santa Cruz*, Gandavo
46. *Balada dos enforcados e outros poemas*, Villon
47. *Sátiras, fábulas, aforismos e profecias*, Da Vinci
48. *O cego e outros contos*, D.H. Lawrence

49. *Rashômon e outros contos*, Akutagawa
50. *História da anarquia (vol. 1)*, Max Nettlau
51. *Imitação de Cristo*, Tomás de Kempis
52. *O casamento do Céu e do Inferno*, Blake
53. *Cartas a favor da escravidão*, Alencar
54. *Utopia Brasil*, Darcy Ribeiro
55. *Flossie, a Vênus de quinze anos*, [Swinburne]
56. *Teleny, ou o reverso da medalha*, [Wilde et al.]
57. *A filosofia na era trágica dos gregos*, Nietzsche
58. *No coração das trevas*, Conrad
59. *Viagem sentimental*, Sterne
60. *Arcana Cœlestia e Apocalipsis revelata*, Swedenborg
61. *Saga dos Volsungos*, Anônimo do séc. XIII
62. *Um anarquista e outros contos*, Conrad
63. *A monadologia e outros textos*, Leibniz
64. *Cultura estética e liberdade*, Schiller
65. *A pele do lobo e outras peças*, Artur Azevedo
66. *Poesia basca: das origens à Guerra Civil*
67. *Poesia catalã: das origens à Guerra Civil*
68. *Poesia espanhola: das origens à Guerra Civil*
69. *Poesia galega: das origens à Guerra Civil*
70. *O chamado de Cthulhu e outros contos*, H.P. Lovecraft
71. *O pequeno Zacarias, chamado Cinábrio*, E.T.A. Hoffmann
72. *Tratados da terra e gente do Brasil*, Fernão Cardim
73. *Entre camponeses*, Malatesta
74. *O Rabi de Bacherach*, Heine
75. *Bom Crioulo*, Adolfo Caminha
76. *Um gato indiscreto e outros contos*, Saki
77. *Viagem em volta do meu quarto*, Xavier de Maistre
78. *Hawthorne e seus musgos*, Melville
79. *A metamorfose*, Kafka
80. *Ode ao Vento Oeste e outros poemas*, Shelley
81. *Oração aos moços*, Rui Barbosa
82. *Feitiço de amor e outros contos*, Ludwig Tieck
83. *O corno de si próprio e outros contos*, Sade
84. *Investigação sobre o entendimento humano*, Hume
85. *Sobre os sonhos e outros diálogos*, Borges — Osvaldo Ferrari
86. *Sobre a filosofia e outros diálogos*, Borges — Osvaldo Ferrari
87. *Sobre a amizade e outros diálogos*, Borges — Osvaldo Ferrari
88. *A voz dos botequins e outros poemas*, Verlaine
89. *Gente de Hemsö*, Strindberg
90. *Senhorita Júlia e outras peças*, Strindberg
91. *Correspondência*, Goethe — Schiller
92. *Índice das coisas mais notáveis*, Vieira
93. *Tratado descritivo do Brasil em 1587*, Gabriel Soares de Sousa
94. *Poemas da cabana montanhesa*, Saigyō
95. *Autobiografia de uma pulga*, [Stanislas de Rhodes]
96. *A volta do parafuso*, Henry James
97. *Ode sobre a melancolia e outros poemas*, Keats
98. *Teatro de êxtase*, Pessoa

99. *Carmilla — A vampira de Karnstein*, Sheridan Le Fanu
100. *Pensamento político de Maquiavel*, Fichte
101. *Inferno*, Strindberg
102. *Contos clássicos de vampiro*, Byron, Stoker e outros
103. *O primeiro Hamlet*, Shakespeare
104. *Noites egípcias e outros contos*, Púchkin
105. *A carteira de meu tio*, Macedo
106. *O desertor*, Silva Alvarenga
107. *Jerusalém*, Blake
108. *As bacantes*, Eurípides
109. *Emília Galotti*, Lessing
110. *Contos húngaros*, Kosztolányi, Karinthy, Csáth e Krúdy
111. *A sombra de Innsmouth*, H.P. Lovecraft
112. *Viagem aos Estados Unidos*, Tocqueville
113. *Émile e Sophie ou os solitários*, Rousseau
114. *Manifesto comunista*, Marx e Engels
115. *A fábrica de robôs*, Karel Tchápek
116. *Sobre a filosofia e seu método — Parerga e paralipomena (v. II, t. I)*, Schopenhauer
117. *O novo Epicuro: as delícias do sexo*, Edward Sellon
118. *Revolução e liberdade: cartas de 1845 a 1875*, Bakunin
119. *Sobre a liberdade*, Mill
120. *A velha Izerguil e outros contos*, Górki
121. *Pequeno-burgueses*, Górki
122. *Um sussurro nas trevas*, H.P. Lovecraft
123. *Primeiro livro dos Amores*, Ovídio
124. *Educação e sociologia*, Durkheim
125. *Elixir do pajé — poemas de humor, sátira e escatologia*, Bernardo Guimarães
126. *A nostálgica e outros contos*, Papadiamántis
127. *Lisístrata*, Aristófanes
128. *A cruzada das crianças/ Vidas imaginárias*, Marcel Schwob
129. *O livro de Monelle*, Marcel Schwob
130. *A última folha e outros contos*, O. Henry
131. *Romanceiro cigano*, Lorca
132. *Sobre o riso e a loucura*, [Hipócrates]
133. *Hino a Afrodite e outros poemas*, Safo de Lesbos
134. *Anarquia pela educação*, Élisée Reclus
135. *Ernestine ou o nascimento do amor*, Stendhal
136. *A cor que caiu do espaço*, H.P. Lovecraft
137. *Odisseia*, Homero
138. *O estranho caso do Dr. Jekyll e Mr. Hyde*, Stevenson
139. *História da anarquia (vol. 2)*, Max Nettlau
140. *Eu*, Augusto dos Anjos
141. *Farsa de Inês Pereira*, Gil Vicente
142. *Sobre a ética — Parerga e paralipomena (v. II, t. II)*, Schopenhauer